# 어린이의 쑴 1

동요·동시(1908~1929)

경희대학교 한국아동문학연구센터 편

국학자료원

# 한국아동문학 연구의 체계적 기반

문학연구의 일차적인 주요 과제는 그 대상이 되는 작품 및 문헌을 비롯한 제반 자료의 수집과 정리에 따르는 기본 작업이다. 그것은 학문의 궁극적인 목표를 수행하기 위한 예비적 행위에 속한다. 그러나 지금까지 우리나라 아동문학 연구는 그 예비적인 작업마저 수행하기 어려운 실정에 놓여 있었다. 아동문학 자료는 일제강점기 때 일제의 의도적인 시책, 동란으로 인한 여러 가지 재해뿐 아니라 학문적 연구의 자료로도 인정받지 못하여 제대로 보존·관리되지 않은 채 산일되었기 때문이다.

곧 우리나라에서 아동문학 자료는 일제강점기부터 도서가 있으면 있고 없으면 없는 수시도서라는 명목으로 무책임하게 취급되어 왔고, 문헌자료라는 인식 없이 한때의 읽을거리로 생각하여 아이들의 생활과 함께 존재하고 소모되어 버렸다. 그것은 아동문학 잡지나 작품집이 인간의 삶이 축적되고 완성된 자료로서가 아니라 배움의 한 과정에서 소모되는 교양물이라는 인식에 의해 일찍부터 문헌적 소장 가치를 깨닫지 못한 결과이다.

이러한 현실에서 아동문학 연구자들은 기초적 연구 자료들을 수집하는 일차적인 과제 수행에서부터 큰 고초를 겪어야 했다. 동시에 연구 대상 자료를 확정하는 데 낭비한 시간과 노력이 실로 막대하였다. 그만큼 우리나라에서 아동문학 자료를 수집, 정리하는 일은 여러 가지 난관이 복재되어 있다. 이러한 점에서 이 아동문학 연구자료 총서의 발간은 산재한 아동문학 자료들을 한 곳에 모아 그 연구의 기틀을 마련한다는 점에서 큰 의의가 있다.

이렇듯 이 아동문학 연구자료 총서는 한국 아동문학 연구를 위한 기초적인 정리 작업의 일환으로 이루어진 것이다. 이 총서는 한국 아동문학 초창기인 1908년부터 해방 이전까지 발간한 아동문학지에 발표된 작품들을, 동요·동시, 단편 동화·소년소설, 동극, 아동문학평론 등 각 장르별로 분류하여 발표 당시의 원문뿐 아니라 발견되는 오자까지 그대로 실었고, 각 편에 대한 필자, 제목, 발표지, 년대를 밝혀 연구자료의 가치를 최대한 살리고자 노력했다.

또한 이를 연대순으로 배열, 일목요연하게 정리하였으며, 아울러 필자별 색인까지 덧붙여 참고자의 편의를 제공하고자 하였다. 이런 수고로운 작업을 감당하고자 한 것은 지금까지 조명 받지 못하고 매몰된 채로 남아 있는 해방 전 아동문학 작가와 작품이 새롭게 평가되고, 한국 아동문학연구를 보다 체계화시키는 기초적인 일이라 여겼기 때문이다.

이 총서에 수록된 대상 잡지는 『少年』(1908~1911), 『붉은 져고리』(1913), 『아이들 보이』(1913~1914), 『새별』(1913~1915), 『靑春』(1914~1918), 『開闢』(1920~1926), 『天道敎會月報』(1922), 『學生界』(1920~1926), 『어린이』(1923~1934), 『金星』(1923), 『婦人』(1922), 『新女性』(1923~1932), 『新少年』(1924~1934), 『별나라』(1926~1935), 『아이생활』(1926~1944), 『영데이』(1926), 『새벗』(1926), 『學窓』(1927), 『少年朝鮮』(1928), 『學生』(1929), 『어린이세상』(1929), 『어린이세계』(1929), 『우리집』(1932), 『少年世界』(1932), 『新家庭』(1933~1936), 『우리들』(1934), 『少年中央』(1935), 『아이동무』(1935), 『新兒童』(1935), 『木馬』(1936), 『童話』(1936~1937), 『少年』(1937~1940) 등으로 해방 이전 아동문학지를 총망라하고자 했다.

무엇보다 이 총서를 엮는데 힘들었던 점은 연구 자료의 가치를 최대한 살리기 위해 원본을 그대로 싣고 그것과 일일이 대조하는 작업이었다. 또한 그 발굴된 자료도 워낙 낙질이 많은 데다 원본마저 인쇄 상태가 불량한 것이 적지 않아서 글자 해독의 어려움이 뒤따랐다. 그러나 이 같은 아동문학 연구 자료의 정리 작업은 단순히 목록을 작성하고 그 배열의 단계에 그치는 것이 아니라 한국 아동문학을 문학사적으로 체계화하는 기초 작업이며, 아동문학 연구의 새로운 길을 트는 역사적인 일이어서 그 모든 어려움을 감내했던 것이다.

이 연구자료 총서를 간행할 수 있었던 것은 서울문화재단의 후원과 故 史溪 李在徹 선생의 체계적으로 수집한 자료에 힘입은 바가 컸다. 선생은 한국아동문학의 '학문화 길'을 위해 한평생을 바친 분으로, 1978년 한국 아동문학 연구의 토대가 되는 『韓國現代兒童文學史』를 집필하였다. 선생은 이를 위해 자료 찾기에 심혈을 기울이며 사재를 많이 들였다.

선생의 『韓國現代兒童文學史』는 아동문학 자료 찾기에 바친 열정의 산물이며, 사방 각지에 쓸모없이 흩어져 있던 아동문학 관련 자료들을 통합, 재정리하여 아동문학의 흐름을 총체적으로 밝힌 한국아동문학 최초의 계보였다. 선생은 그 연구를 위해 모은 귀한 아동문학 자료들을 경희대학교 중앙도서관에 기증하고 대학에 한국아동문학연구센터를 설치하여 아동문학의 학문적 터전을 마련하고자 했던 것이다. 이 연구자료 총서를 선생의 영전에 바치고자 하는 뜻은 그런 까닭이다.

이 연구자료 총서는 자료의 입력에서부터 교정까지 그 수고를 아끼지 않았던 여러 사람들의 도움이 없었다면 빛을 보기 어려웠을 것이다. 경희대학교 중앙도서관의 협조가 가장 컸고, 자료 입력에서 교정 작업에 이르기까지 번거로운 일들을 도맡아준 홍성일, 김태욱, 김민성, 최동민 군, 기도연, 권세리, 박송이, 정혜진, 김현숙, 윤소희, 김아름, 이은혜 양 등이 큰 힘이 되어주었다. 선뜻 출판에 응해준 국학자료원과 묵묵히 제 할 일을 다해준 정유진 양, 그리고 센터의 김지혜 사서에게 이 자리를 빌어 고마움을 표한다.

우리에게 앞으로 남은 과제는 아직도 찾아 내지 못한, 소실된 자료들을 지속적으로 발굴하여 이 아동문학연구 자료총서를 보다 충실히 보완해 나가는 일이다. 아직은 부족하지만, 이 연구자료 총서가 한국 아동문학 연구자들에게 널리 활용되고 아동문학연구가 활발히 전개되어, 그 학문적 기틀을 마련하는 데 크게 기여하리라 믿는다.

2012년 초여름
한국아동문학연구센터 연구위원 일동

# 목 차

◇ 머리말
◇ 일러두기

## 1. 동요·동시(1908~1925)

## 2. 동요 · 동시(1926)

## 4. 동요 · 동시(1928)

## 5. 동요·동시(1929)

1. 이 책은 1908년 ≪少年≫부터 해방 전 발행된 아동문학지에 발표한 동요·
동시, 동화·소년소설, 동극, 아동문학평론 등의 아동문학 자료를 각 장르별, 시
대별로 정리한 한국 아동문학의 연구자료집이다. 이 분야의 자료들은 대부분 정
리되지 못한 채 산재해 있고, 몇몇 개인소장자 또는 몇 개의 도서관에 편재되어 연
구자들이 직접 구해보기 어려울 뿐 아니라 소실된 것도 많다. 이를 고려하면 이 책
은 한국 아동문학연구자들에게 널리 활용될 수 있는 연구자료 총서가 될 것이다.

2. 이 책은 아동문학 연구자들을 위한 자료집으로 간행된 것으로 다음과 같은
몇 가지 요건을 고려하였음을 밝혀 둔다.

① 이 책에 수록된 자료들은 해방 전 각 아동문학지에 발표된 글들을 시대적
순서에 따라 배열하였고, 모든 자료는 내용의 전문을 수록하는 것을 원칙으
로 하였다. 단 장편 연재물과 번안 작품의 경우는 제외하였다.

② 또한 여기에 수록된 자료들은 연구자료로서의 가치를 최대한 살리기 위해
각 자료의 표기 방식은 발표 당시의 원문을 그대로 따랐고, 부제와 함께 원문
에 적힌 장르명도 표시함을 원칙으로 하였다. 본문의 경우, 분명한 오자인 것
을 확인했으면서도 그대로 옮겼다. 하지만 필자의 성명 한자에서 오자를 발
견한 경우는 인명색인을 위해 바로 잡았다. 예를 들면, 서덕출의 '岀'을 '鉏'로,
한정동의 '晶'을 '昌'으로 쓴 오자는 고쳐 적었다. 그러나 한정동의 '정'을 '뎡'
이라 한 것처럼 한글로 표기한 이름은 원문대로 썼다. '尹石重'을 '尹石童'으로
본명과 호(필명)을 혼용해서 쓴 경우에도 원문대로 표기했다. 또한 원본의 필
자가 누구인지를 알지만, 자료에서 필자의 성명을 밝히지 않는 것은 無記名으
로 표기하였다. 예컨대 동요·동시(1908~1929)에서 1908년에 발표된 「海에
게서 少年에게」로부터 1918년의 「압헤는바다」까지의 지은이 '無記名'은, 연
구자들에게 최남선으로 알려져 있으나 원본의 표기 그대로 '無記名'으로 하
였다.

③ 이 자료의 표기방식에서 문장부호로 쓰인 한 음절 반복 표기 부호인 'ゝ'는

그대로 살려 썼고, 두 음절 이상 반복한 일본식 표기는 그 표기 부호가 없어 같은 음절을 반복해서 적었다. 띄어쓰기, 맞춤법, 각종 부호도 원문을 그대로 따랐다.

④ 이 자료에서 판독이 불가한 낱말이나 문장은 '□'로 표시해 두었다.

⑤ 아동문학지에 중복 발표된 작품은 처음 발표한 것을 수록하였다. 예를 들어, 방정환의 「늙은 잠자리」 경우 1924년, 1929년 등 중복으로 발표하였으나 1924년에 발표한 작품만 수록하였다. 독자 투고 작품인 경우 1회 발표로 그친 독자의 작품은 선별하여 실었다.

⑥ 이 해방 전 한국아동문학 연구자료 총서에 수록된 자료들은 동요·동시(1908~1929), 동화·소년소설(1913~1929), 아동문학평론(1920~1943) 등으로 나누었다. 그것은 어떤 특정한 시대적 의미를 둔 것이 아니라 단지 작품 분량에 의해 나누어 실은 것일 뿐이다. 작품 끝에 명기한 발표지의 호수는 발표지, 권 호수, 발표연대의 순으로 통일하였다. 권 호수가 없는 경우는 통권으로 표기했다.

⑦ 책 끝의 인명색인에서 같은 필자가 필명과 호나 가명을 번갈아 써서 발표한 경우, 장르별로 발표된 필자를 괄호 속에 호나 필명 등을 함께 묶었다. 예를 들면, 동시 경우 方定煥(小波, 잔물)으로, 동화의 경우 小波(잔물, 夢見草, 牧星, 목성)로 명기하였다.

3. 이 책에 수록되지 못한 낙권 자료들은 앞으로 새롭게 발굴되는 대로 보충해 나갈 것이다.

# 1. 동요·동시 (1908~1925)

# 海에게서 少年에게

無記名

一

텨……ㄹ썩 텨……ㄹ썩, 텩, 쏴……아.

싸린다, 부슨다, 문허바린다,

泰山갓흔 놉흔뫼, 딥태갓흔 바위ㅅ돌이나

요것이무어야, 요게무어야,

나의큰힘, 아나냐, 모르나냐, 호통까디하면서,

싸린다, 부슨다, 문허바린다,

텨……ㄹ썩, 텨……ㄹ썩, 텩, 튜르릉, 콱.

二

텨……ㄹ썩, 텨……ㄹ썩, 텩, 쏴……아.

내게는, 아모것, 두려움업서,

陸上에서, 아모런, 힘과權을 부리던者라도,

내압헤와서는 쏨쌱못하고,

아모리큰, 물건도 내게는 행세하디못하네.

내게는 내게는 나의압헤는.

텨……ㄹ썩, 텨……ㄹ썩, 튜르릉, 콱.

三

텨……ㄹ썩, 텨……ㄹ썩, 텩, 쏴……아.

나에게, 뎔하디, 아니한者가,

只今까디, 업거던, 통긔하고 나서보아라.

秦始皇, 나팔륜, 너의들이냐,

누구누구누구냐 너의亦是 내게는 굽히도다,

나허구 겨르리 잇건오냐라.

텨……ㄹ썩, 텨……ㄹ썩, 텩, 튜르릉, 콱.

四

텨……ㄹ썩, 텨……ㄹ썩, 텩, 쏴……아.

됴고만 山모를 依支하거나,

됴ㅅ쌀갓흔 덕은섬, 손ㅅ벽만한 짱을가디고,

고속에 잇서서 영악한톄를,

부리면서, 나혼댜 거룩하다하난者,

이리듐 오나라, 나를보아라.

텨……ㄹ썩, 텨……ㄹ썩, 텩, 튜르릉, 콱.

五

텨……ㄹ썩, 텨……ㄹ썩, 텩, 쏴……아.

나의 짝될이는 한아잇도다,

크고길고, 널으게 뒤덥흔바 뎌푸른하날.

뎌것은 우리와 틀님이업서,

덕은是非 덕은쌈 온갓모든 더러운것업도다.

됴싸위 世上에 됴사람텨럼,

텨……ㄹ썩, 텨……ㄹ썩, 텩, 튜르릉, 콱.

六

텨……ㄹ썩, 텨……ㄹ썩, 텩, 쏴……아.

뎌世上 뎌사람 모다미우나,

그中에서 쪽한아 사랑하난 일이잇스니

膽크고 純精한 少年輩들이,

才弄텨럼, 貴엽게 나의품에 와서안김이로다.

오나라 少年輩 입맛텨듀마.

텨……ㄹ썩, 텨……ㄹ썩, 텩, 튜르릉, 콱.

(≪少年≫ 제1년 제1권, 1908.11)

# 우리의 運動場

公 六

一, 우리로하야곰 「풋쏠」도차고
　　우리로하야곰 競走도하야
　　生하야나오난 날쌘긔운을
　　내쏩게하여라 펴게하여라!
　　아직도제主人 맛나지못한
　　泰東의저大陸 넓은벌판에!!
　　　　우리로
　　　　우리로
　　　　우……리……로!!!


二, 우리로하야곰 헤염도하고
　　우리로하야곰 鏡棹도하야
　　書房님手足과 道슈님몸을
　　거슬게하여라 굿게하여라!
　　우리의運動터 되기바라는
　　太平의저大洋 크나큰물에!!
　　　　우리로
　　　　우리로
　　　　우……리……로!!!


三, 쑤러진집신에 발감게하고
　　시베랴찬바람 거슬니면서
　　다름질할이가 그누구러냐?

나막신갓흔배 左右로지어
볏발이곳쏘는 赤道아래서
배싸홈할이가 그누구러냐?
　우리로
　우리로
　우……리……로!!!

(≪少年≫ 제1년 제2권, 1908.12)

## 少年大韓

無記名

　一，
크고도　넓으고도　永遠한太極
自由의　少年大韓　이런德으로
빗나고　쓰거웁고　剛健한太陽
自由의　大韓少年　이런힘으로
어두운　이세상에　밝은光彩를
싸디난　구석업시　더뎌듀어서
쌔긋한　긔운으로　탸게하라신
하날의　부틴職分　힘써다하네
바위틈　산ㅅ골中　나무끗까디
自由의　큰소래가　부르딧도록
소매안　듀머니속　가래까디도
自由의　맑은긔운　쏙쏙탸도록.
　二，
우리의　발쑴터가　돌니난곳에

우리의 가딘旗발  向하난곳에
앏흐게 알난소래  卽時쓰티고
무겁게 病든모양  今時蘇生해
아모나 아모던디  우리를보면
두손을 버리고서  크고빗난것
請하야 달나도록  만들것이오
請하디 아니해도  얼는듀리라.
　　三,
판수야 벙어리야  귀먹어리야
문둥이 뎔늠발이  온갓病身아
우리게 疑心말고  나아오너라
딜겨서 어루만뎌  낫게하리라
우리는 너의爲해  火鞭가디고
神靈한 「쌉틔씀」을  베풀양으로
발감게 딥신으로  일을해가난
하날의 쑙은나라  自由大韓의
쑙힌바 少年임을  생각하여라.

(≪少年≫ 제1년 제2권, 1908.12)

# 벌(蜂)

無記名

一

구딘날마른날 가리디안코
놉흔데나즌데 헤이디안코
　머나갓가우나 탸댜다니며

부디런바디런 움닥이난건
어엿분곳모냥 貪함아니오
馥郁한香내를 求함아니라
　애쓰고힘드려 바라난것은
　맛잇난됴흔꿀 엇으렴이라.
二
功든것드러나 꿀을엇으면
우리는됴곰도 關繫안하고
곱다케모아서 사람을듀어
緊하게쓰도록 바랄쑨이니
　맛업난것에는 맛나게하고
　맛잇난것에는 더잇게하야
　아모나됴흔건 꿀갓다하게
　우리가만든걸 稱讚케되다.
三
사람아사람아 계어른사람
귀숙여우리말 드러를보게
　더즘게苦楚를 무릅쓰고서
精誠을다하야 功이룬것이
利되나害되나 생각하건댄
頌榮과稱譽의 利쑨이로다
　草堂에便한담 貪하얏드면
　너갓히無用件 되엿겟구려.
四
넷사람말삼은 글은것업서
한마듸한句節 한쌈이라도

가로대쓴샊리단열매맛고
苦로운슷헤는樂온다더니
  수구한뒤에는 됴흔갑흠이
  오디를말내도 억디로오네
    사람과버레가 무엇다르랴
    계어름부디런 갑음밧을째.

(≪少年≫ 제1년 제2권, 1908.12)

# 新大韓少年

無記名

      一,
검불째결은  저의얼골보아라
억세게덕근  저의손발보아라
나는놀고먹지아니한다는
標的아니냐.
그들의  힘ㅅ줄은  툭불거지고
그들의  쌔…대는  쩍버러젓다
나는힘드리난일이잇다는
有力한證據아니냐
    올타올타果然그러타
    新大韓의少年은
    이러하니라.
      二,
全部의誠心  다르려힘기르고
全部의精神  다써智識느려서

우리는將次누를爲해무삼일
하랴하나냐
弱한놈 어린놈을 도을양으로
强한놈 넘어써려『最後勝捷은
正義로 도러간다』ㄴ 밝은理致를
보이려함이아니냐
　　올타올타果然그러타
　　新大韓의少年은
　　이러하니라.
　　　　三,
그에겐저의 眷屬이나財産의
私有한것은 아모것도다업시
四海八方제몸이가난대가
저의집이오
一天下 億萬姓이 모다兄弟오
싸우혜 生殖하난 온갓品物이
저의財産아닌것이업난듯
至極히公平하더라
　　올타올타果然그러타
　　新大韓의少年은
　　이러하니라
　　　　四,
압흐로 나갈勇은넉넉하야도
뒤흐로 물늘힘은조곰도업시
쌧쌧한그다리는아모재던지
내여드 드엿고

하날을 올녀봄엔 그눈밝어도
나려다 보난것은 아주어두어
밤낫위로올너가난쌔른길
힘써차질쑨이러라.
    올타올타果然그러라
    新大韓의少年은
    이러하니라.

(≪少年≫ 제2년 제1권, 1909.1)

# 쏫두고

公 六

나는 쏫을 질겨 맛노라,
그러나 그의 아리싸운 태도를 보고 눈이 얼이며
        그의 향긔로운 냄새를 맛고 코가 반하야
精神업시 그를 질겨 마짐아니라,
다만 칼날갓흔 北風을 더운긔운으로써
        人情업난 殺氣를 깁흔사랑으로써
代身하야 밧구어
쌔가 저린 어름밋헤 눌니고 피도어릴 눈구덩에 파무처잇던
億萬묵숨을 건지고 집어내여 다시살니난
봄바람을 表章함으로
나는 그을 질겨맛노라.
나는 쏫을 질겨 보노라,
그러나 그의 平和긔운 먹음은 웃난 얼골 홀니며

1. 동요 · 동시(1908~1925)   29

　　　그의 富貴氣象 나타낸 盛한 모양 탐하야
主着업시 그를 질겨 봄이아니라,
다만 것모양의 고은것 매양실상이적고
　　처음서슬 壯한것 대개뒤끗업난中
오즉혼자 特別히
若干榮華 苟安치도 아니코 許多魔障 격그면도 굽히지안코
億萬목숨을 만들고 느려내여 길히傳할바
씨열매를 保育함으로
나는 그를 질겨보노라.

(≪少年≫ 제2년 제5권, 1909.5)

# 三面環海國

無記名

一,

부글부글 슬난듯한 東녁하날 보아라,
祥瑞긔운 籠罩하야 쌕쌕히찬 안에서
온갓勢力 根源되신 太陽이 오르네,
하날은 붉은빗헤 휩싸힌바 되얏고
바다는 더운힘에 降服하야 잇도다
어두움에 가쳐잇던 億千萬의 사람이
　　눈을쓰고 삷혀보난 自由엇으며
　　몸을일혀 움작이난 氣運생기네,
깃버하고 조와하난 아참人事 소리는
어늬말이 太陽功德 頌祝함이 아니냐,

이러하게 萬衆이다 우러보난 太陽은
碧海水를 사이하야 먼저우리 비취네,
그러타 우리나라는
東方도 바다이니라.

            二,
붓적붓적 빗발나난 南녁하날 보아라,
光明구름 天井되여 가로퍼진 面에는
온갓勢力 主宰이신 太陽이 쩌잇네,
人畜은 밝은빗헤 부지런을 다토고
草木은 붓난힘에 자라기를 힘쓰네,
게어름에 붓들넛던 億千萬의 品物이
    손발놀녀 일을하난 活氣잇스며
    造化비러 열매맷난 生意보이네,
가다듬고 힘써하난 한나졀닐 모양은
어늬것이 太陽精氣 表現함이 아니냐,
이러하게 萬物이다 힘을입난 太陽은
영海水를 사이하야 마주우리 쏘이네,
그러타 우리나라는
南方도 바다이니라.

            三,
우걱우걱 씨난듯한 西ㅅ녁하날 보아라,
彩色노을 帳幕이뤄 둘너쳐논 속으로
온갓勢力 作成하신 太陽이 드시네,
山岳은 남은빗헤 葓遜하게 沐洛코
河海는 것난힘에 秩序잇게 밀니네,
어려움에 쌔져잇난 三千世界 衆生이

　差別업시　베푸러준　恩光입으며
　限量업시　헤쳐노흔　德波저졋네,
질거움과　편안함의　저녁째의　光景이
어늬것이　太陽澤化　霑被함이　아니냐,
이러하게　萬界가다　福을밧난　太陽은
黃海水를　사이하야　슷내우리　쏘시네.
그러타　우리나라는
西方도　바다이니라.

(≪少年≫ 제2년 제8권, 1909.9)

## 大韓少年行

無記名

싸듸짜닷싸! 두당둥당둥!
大千世界　덥고남난　우리氣운을
한번限껏　못쏨어서　無窮恨인데
須彌山을　바루쓸난　우리勇猛을
아직조곰　못써보아　獨自苦로다
이런氣운　이런勇猛　한데모아서
이世上에　跳跟하난　不正不義를
討滅코자　義勇隊를　굿게團成해
大韓少年　堂堂步武　나아가노니.


싸듸짜닷쌋! 두당둥당둥!
번듣번듯　長空덥흔　적고큰旗엔

발발마다  正義字가  新面目이오
번썩번썩  日光가린  길고싸른칼
곳곳마다  正義神이  戰勝舞추네
말바르고  理致맛고  形勢壯하게
거침업시  나아가난  우리軍前에
안썩기난  軍士란게  누구잇스며
안눌니난  形勢란게  어대잇나뇨

싸듸싸닷싸! 두당둥당둥!
조긔조긔 반짝반짝 보이난것이
무엇인지 너의들이 알어보나냐
다만압만 보고가서 얼는取하라
勇士에게 도라갈바 勝捷燈이라
急하게나 緩하게나 쉬지만말고
처음定한 우리目的 굿게직혀서
싣긔잇게 勇猛잇게 가기만ᄒ면
쌔아슬者 다시업다 우리것일세.

싸듸싸닷싸! 두당둥당둥!
和樂예찬 하날風樂 질겁게울고
비듥이의 모양으로 하나님臨해
凱歌불너 도라오난 우리軍人을
모든天使 내다라서 마져드려서
寶座압헤 勝戰勳章 親히주실째
우리榮光 우리福樂 限이업겟네
한時한刻 다토아서 얼는成功케

勳章들고 기다리심 발서오래네

싸듸싸닷싸! 두당둥당둥!
나아가세 나아가세 氣껏나가세
大韓少年 義勇軍人 큰발자최로
성큼성큼 健壯하고 勇猛스럽게
最後勝捷 엇기까지 氣껏나가세
허큘쓰의 놉흔山도 한번쒸우고
太平洋의 넓은바다 한번헤욤해
正義圖中 왼世界를 집어느라신
하날命令 成就토록 氣껏나가세

(≪少年≫ 제2년 제9권, 1909.10)

# 檀君節
(十一月一日)

無記名

一,

굿은마음 한갈갓흔 各方사람이
우리聖祖 크신빗헤 모여드러서
아모거나 갓히하자 盟誓하던날
깃븜으로 노래하야 頌祝합시다

二,

씨님업난 어진바람 四海에불고
녹지안난 은혜이슬 八域이밧아
永遠히큰 참福樂이 普遍하던날

깃븜으로 노래하야 頌祝합시다
　　　　三，
힘껏誠껏　正義爲해　活動하야서
괴로움에　쌔져잇난　萬邦사람을
건져내여　함끠살기　經綸하던날
깃븜으로　노래하야　頌祝합시다
　　　　四，
大主宰의　압혜나와　恭遜히업듸여
어린아해　마음으로　精誠드려서
처음으로　하날길을　開拓하던날
깃븜으로　노래하야　頌祝합시다

(≪少年≫ 제2년 제10권, 1909.11)


# 바다위의 勇少年

無記名

여긔잇난　세少年은　바다아해니
韓半島가　나서길은　만흔목숨中
가장크고　거룩히될　寧馨兒니라

廉恥업시　왼하날을　휩쓸녀하난
물기동의　이러서서　쒸노난모양
저러트시　洶湧하고　험상스런데

네보아라　그들이탄　좁고적은배

1. 동요 · 동시(1908~1925)　35

외상앗대 겨오달닌 「쏘오트」어늘
活氣에찬 그의얼골 조곰怯업시

쇠뭉치의 팔을쏩내 金剛力으로
이놈이리 접어뉘고 저놈저리해
물결치난 세찬勇氣 놀나웁도다

가늘게내 크게쏩난 그의노래를
귀기우려 드러보자 무삼쯧이뇨
『어이어라 어이어라 우리半島의

크고넓은 바다겻해 사난人民아
향긔로운 맑은물이 씻난언덕과
짠맛씌운 말은大氣 덥흔바닥에

白頭山위 싸힌눈이 녹을째까지
碧海水의 고인물이 말으기까지
一時라도 올치못한 他밧사람이

발부치난 더러움이 잇지안토록
손대이난 붓그럼이 나지안토록
우리처럼 힘과애를 말큼드려서

하나님이 맛겨두신 조흔이寶배
祖上님이 나려주신 고은이器物
永遠토록 아름답게 保全해가세

이世界를 만드실째 우리主ᄭ서
맨나종에 꼿半島를 大陸에달고
손을펴사 쑥쑥치며 일으시기를

「이世界中 너를둠은 쯧잇슴이니
째가오건 일치말고 부지런히해
너의職分 다ᄒ야서 이루어다고!

느진뒤에 드러남을 설어말지며
큰苦難을 격글것을 알아두어라
나의바람 적지안타」 말하시도다

우리들노 큰그릇이 되게하시고
남아니준 조흔일을 맛기실째에
그만試驗 보이심은 當然하도다

그동안을 업다려서 소리안내고
바지아래 辱보기를 단쑬노알미
웃지마라 偶然함이 아니러니라

이제오나 저제오나 기다리던째
東녁하날 요란하자 먼동터오니
暫時인들 멈으르랴 밧비하여라

제가저를 깁히밋고 길히버틔면
降服하지 안난것이 업난法이오

勇士압헨 못된다는 말이업나니


한갈갓흔 우리精誠 우리勇猛이
마조막의 큰勝捷을 엇게만들어
바다위엔 龍王宮이 내것이되고


陸地에선 예루살넴 聖殿까지도
우리손에 드러와서 모시게되여
보기좃케 왼世界의 大王된뒤에


正義石에 길을닥고 사랑을깔아
이곳에다 하날나라 세우난責望
압뒤섯이 맥긴하게 다할지로다


우리들은 어대까지 次序를찻고
조곰조곰 싸여감이 큰것이됨과
수고하면 功이룸을 굿게밋노니


그러틋한 큰職分을 잘마추랴고
내것부텀 아름답고 온전스럽게
만들기를 함끽하야 힘쓸지로다


錦繡갓흔 大韓半島 질거움동산
그歷史는 永遠토록 제能力다해
職分하난 사람들의 事功을실코

그의쌍은 天下의王 대궐되여서
億萬歲에 榮華로움 變함업도록
너의들은 부지런히 周旋하여라


어이어라 어이어라 우리를보라
이런물에 요런배로 싸화가난것
겁쟁이의 눈에보면 못할일이나


굿은마음 굿센팔을 밋고依支해
이런中에 견대나온 功力이나서
오래잔해 바다征服 씃치나겟네

·····································』


어엿부다 勇猛스런 이少年들아
씌침업시 나아가서 큰功이루어
오래뭇친 우리海上 재조보이라


불어오난 東南風에 노래소리가
싸라가서 안들님이 애다로우나
다음말은 안들어도 대강알겟다


나는너를 祝福하며 敬意表하야
은제싸지 그러키를 참바라노니
그런本意 나게하라 付託하노라

바다로써 몸을가린 大韓半島는
이런少年 만히가진 大韓半島는
크고조흔 職分가진 大韓半島는

네가아니 大主宰의 막내童이냐
온전하고 쌔긋한福 가초가져서
天上天下 싹이업난 光明이로다.

(以上)

(≪少年≫ 제2년 제10권, 1909.11)

# 우리英雄

孤 舟

月明浦에,밤이,깁헛도다.
連日苦戰에疲困한將士들은,
깁히,잠들고,코ㅅ소리,놉도다.
깁고,검은,하날에無數한星辰은.
잠잠하게,반쯧반쯧,빗나며.
부드러온,바람에,나라오난,플내까지도,
날낸,우리愛國士의,피ㅅ내를,먹음은듯.
浦口에,밀어오난,물ㅅ결ㅅ소래는,
철썩철썩,무엇을,노래하난듯.

軍營에,누어자난,우리英雄—
古今에업고,世界에다시업난,우리英雄!

얼골에는,날냄과憤慨함과,근심이,
금을금을하난,燭光에나며,
西便을向하야慟哭하던,눈물ㅅ자최―
鐵石갓고眞珠갓흔,肝腸흘너나온
쓰겁고,貴한,그,눌물ㅅ자최!
이누군가?
우리英雄―忠武公―李舜臣!

平和로온,그,呼吸에도,
赤心熱情,알배엿고,
쑥쑥,쒸난,그,心臟의鼓動에도,
生命,自由가,넘치난도다.
父母,兄弟,姉妹―한피,난흔同胞가,
塗炭,魚肉에苦痛하며,
生命,自由품은,이싸―내나라의運命이,
危機가,一髮이며,
神聖文武하옵신,우리 皇上―우리의,
　큰아바지가
烟塵을,무릅쓰시고,龍의눈물을,洞仙嶺
　저편에,쑤리시게되니,
우리英雄의,마음,엇더할가?

사랑하난,父母妻子,故鄕에,두고,
써날쌔에,그도斷腸의,눈물,흘녓고,
향긔로온,家庭의幸福을,
그도,몰으난것은,안이라.

그러나, 나의 先祖가, 나고, 자라고,
죽어서도, 그몸을, 뭇은, 이싸—내나라!
내가, 나고, 자라고, 活動하고,
죽어서도, 이몸을, 뭇을이싸—내나라!
이내 天賦의 生命, 自由,
父母, 兄弟, 姉妹—同胞의 生命, 自由를
품으며, 기르난, 이싸—내나라에, 비기면,
어늬무엇이, 이에서, 더 重할소냐.

五尺短軀이몸이, 비록, 적으나,
生命, 自由품은, 이싸—이나라의 守護者!
쎠ㅅ쌈마다 細胞마다 電氣갓히, 잠긴 것
　은,
山이라도, 흔들고, 바다라도, 뒤집으며,
天地間에, 꽉차서, 永遠히 不滅하난,
貴하고, 쏘, 重한, 그 精神—
우리祖上부터의, 큰 抱負를, 담아가진, 이
　나라를, 完全하게가지고가
　난, 쓰거운정성!

生命, 自由품은, 이싸—내나라 爲하야,
五尺短軀이몸, 가루를, 만들고,
心臟에슬, 으며, 全身에, 도라가난,
맑고, 밝고, 쓰거온, 이내피로,
三千里靑邱를, 물듸리리라!
父母, 兄弟, 姉妹—한피, 난혼, 우리同胞,

生命,自由품은,이짜—내나라의運命이,
危機一髮한이째오날날—
赤心,熱誠을,甲胄로,우뢰,갓흔號令에,
날내고도,굿센,愛國하난將士를,모라,
『옥!옥!』鼓喊으로,줏쳐나갈째,
汹湧하난波浪도行進曲을부르난듯,
赤心,熱情……날낸배……살,向하난곳에,
정의를,어그러치난,賊의,무리는,
奔蕩하난,물쎨ㅅ속에,쎄지난도다!
크도다,壯하도다,우리英雄의精神이여!
이精神—忠君,熱誠,愛國熱情,잇기에—
自由,獨立의表象되난白頭의뫼가,
靑邱의北天에,소사,잇슬째,까지,
永遠, 平和의表象되난漢江의물이,
靑邱의中央을,흔들째까지,
父母,兄弟,姉妹—한피를,난흔,우리民族
　이,
靑邱의樂園으로부터,큰使命을다할째
　싸지,
讚揚하고,노래하리라—
우리英雄—忠武公—李舜臣! (完)

(≪少年≫ 제3년 제3권, 1910.3)

# 봄마지

公 六

봄이 한번 도라오니 눈에가득 和氣로다,
大冬風雪 사나울째 씀도쑤지 못한바―라,
알괘라 무서운건 「타임」(째)의 힘.


九十春光 자랑노라 園林處處 피운꼿아,
겻모양만 繁榮하면 富貴氣像 잇다하랴,
진실노 날 호리랴면 오즉 열매.


나무에 꼿피움은 열매맷기 爲함이라,
갓흔陰門 갓흔子宮 動植物이 一般이나,
사람이 神靈태도 꼿만좃타.


莘荑花 피엿단말 어제런듯 들엇더니,
어늬덧 滿山紅綠 錦繡世界 되엿도다,
놀납다 運氣에는 無往不復.


꼿이 한둘 아니어니 고은것도 만흘지오,
千萬가지 果實에는 단것인들 적으랴마는,
꼿좃코 열미좃킨 桃花인가.


斧斤이 온다해도 怯낼내가 아니어든,
윈아츰을 다못가난 여간ㅅ바람 두릴소냐,
말마라 내열매는 튼튼無窮.

한마음 바라기를 열매맷자 피엿스니
目的達킨 一般이라 썰어지기 辭讓하랴
웃지타 그사이에 웃고울고

(≪少年≫ 제3년 제4권, 1910.4)

# 들 구경

無記名

꼿피엿다  닙피엿다  압山뒷들에
나무가지  가지마다  철자랑이라
열매맷고  씨품겨서  職分다하랴
그의活動  하난모양  눈이씌우네
아아우리  少年들아  가서親하랴
그는우리  益友로다  본쓸지로다

비가온다  바람분다  이즘저즘에
나무닙새  닙새싸지  試驗中이라
팔내밀고  발버틔여  勝捷엇으랴
그의勞苦  하난모양  마음늣기네
아아우리  少年들아  가서섬기랴
그는우리  賢師로다  배홀지로다

(≪少年≫ 제3년 제5권, 1910.5)

# 少年의 녀름

無記名

一, 우리다린무쇠다리, 내여드듸면,
　　險한길어려운곳 압헤업도다.
　　바람맛춰활개치고 도라다닐째,
　　山岳은업다리고 河海써노나.

二, 질겁도다녀름되니 이를試驗해,
　　豪壯한男兒긔운 發揚하리라.
　　감발한다,나서노라, 辭讓안노라,
　　大自然의苦待함 내가아노라.

三, 火傘니고熱砂밟아, 쌈을벗하야,
　　남아니간境域도 探檢할지오,
　　압헤고래,뒤에鱝魚 敵手삼아서,
　　海天을삼키면서 헴도하리라.

四, 마음快快氣力튼튼 精誠兼하니,
　　간대족족智識을 發見할지라.
　　몸과배홈上進爲해 애쓰난우리
　　웃지참아이機會 虛送하리오.

(≪少年≫ 제3년 제6권, 1910.6)

# 녀름의 自然

無記名

天動ㅅ소리압뒷山에  들들울니고
一瞬千里번갯불이  눈에지나며
큰소낵이한줄기가  쏘다져오면
山에는沙汰나고  물은넘처서
모든것이弱하게도  敗해쓸어져
간곳마다自然力의  威勢表로다
오래길은朝鮮少年  精力쏫치면
그의압헤이世界가  저러리로다

왼하늘에黑雲덥혀  침짐하욤도
힘의바람한번부니  씨슨듯것쳐
그림갓흔무지계가  웃둑서면서
날ㅅ빗치鮮麗하야  밝음나노나
千鈞으로머리위를  눌으던闇黑
이제서야그림자나  엇어서볼까
만히싸흔朝鮮男兒  銳氣노히면
그의압헤이世界가  저러리로다

(≪少年≫ 제3년 제7권, 1910.7)

# 바둑이

無記名

우리집바둑이는
　어엿브지오
아츰마다학교에
　가는째되면
문밧게대령힛다 압장나서서
경둥둥동구까지 쮜어나와요


우리집바둑이는 어엿브지요
왼체로서오랴면 소리만나도
어느덧압혜와서 쇼리를치며
깃븜으로남먼저 마자줍늬다


야드를흔털이며 날신흔허리
모양도곱거니와 말도잘들어
공일마다다리고 들에나가서
왼하로시달녀도 실타안히요


보는이는아모도 어엿브대요
동무들도부러워 안는이업서
바둑이는쪼업는 정든벗이니
언제든지위흐고 사랑흡늬다

곡됴는 普通敎育唱歌集第十三

「漂衣」

(≪붉은져고리≫ 제1년 제2호, 1913.1)

# 흥부 놀부 (一)

無記名

○흥부의 잘됨

젼라경샹디경에　두사람사니

놀부라는짝업시　모진언니와

흥부라는어질기　한업는아오

두동생의압뒤일　볼만ᄒ도다


어버이돌아갈재　끼친세간을

놀부혼자가지고　아오흥부는

구박ᄒ야한듸로　내어써리고

나머들며죠롱코　비양거리네


놀부심ᄉ괴악키　짝이업서서

가진못된버릇을　다가젓스나

살님이넉넉ᄒ매　호의호식코

쌘듯십어오붓이　살아가는듸


내어쫏긴흥부는　홀일업스매

올이나무몃가지　간신히얽어

집이라고그속에　들어서사니

그동안고생이야　말ᄒ야무엇


어린ᄌ식다리고　치운겨을에

여러씨니굶어서　칩고곪흐니

견ᄃᆡ다못ᄒᆞ야서 언니집으로
무릅쓰고도음을 어드라갈새

옷은누덕누덕ᄒᆡ 살못가리고
속이비어허리도 펴지못ᄒᆞ니
모르ᄂᆞᆫ남이라도 한번볼진ᄃᆡ
어엿비녁이ᄂᆞᆫ맘 절로날너라

형의셩미알므로 올너못가고
뜰알에서홍부가 문안들이니
놀부란놈이욱히 나려다보며
네가뉜고무르며 모른체ᄒᆞᆯᄲᅮᆫ

홍부가어이업서 말안나오나
그리ᄒᆞᆯ줄알고서 왓던길이라
『ᄋᆡ고언니이말이 웬말ᄉᆞᆷ이오
죽지못ᄒᆡ왓스니 생각좀ᄒᆞ오』

놀부놈거동보소 눈부릅뜨고
『렴치업ᄂᆞᆫ이놈아 생각ᄒᆡ봐라
네복은누를주고 날보채느냐
줄것이잇다ᄒᆞᆫ들 너주랴』ᄒᆞ며

ᄡᅡᆯ이만히잇슨들 로적을헐며
벼가만히잇슨들 왼섬헤치며
찬밥을주자ᄒᆞ니 개엇지ᄒᆞ며

지거미주자ᄒ니  돗츨굼기랴


렴치업ᄂ이놈아  웨왓느냐고
주먹에힘을주어  쾅쾅싸리니
ᄒᆞᆯ일업시돌아서  나가ᄂᆞ홍부
눈물이압흘가려  것지못ᄒᆞ네


문에서고듸ᄒᆞ던  홍부의안히
『왜그저옵나』ᄒᆞ고  울고무르되
홍부의어진마음  바로말못ᄒᆞ
『안계셔못뵈엿다』  ᄒᆞᆯ쑨이로다


턱업시여러식구  살아가자니
치위더위밤낫에  안팟이업시
등짐이며품팔이  고공살이로
마소도못ᄒᆞᆯ일을  갈이지안네


부즈런에안가ᄂᆞ  가난업스며
정성에ᄂᆞ하늘도  늣기시ᄂᆞ니
홍부의눈에눈물  입에한숨이
마르고가실날이  갓가웁더라


봄이되어제비들  집지을째에
홍부의수수쌍집  첨아싯헤다
진흙발나깃들인  제비가잇서
색기쳐드나들며  직롱을보니

비리배리비배리 지져거림이
쓸쓸흔이집안에 풍악이러니
어이업는틈을타 구렁이와서
참혹흐다색기를 다잡아먹네


그즁에도한마리 화를면흐고
공즁에서써러져 다리분질너
피내고볼볼썰믈 흥부가보고
잔잉흐야눈물을 다흘니면서


업는실을억지로 한바람찻고
동내가조긔겁질 조곰어더다
부러진제비다리 찬찬동여매
어루만저한듸로 내어서두니


십여일이지나매 완구히나하
제곳으로가려고 하직흘적에
우알에로번득여 참아못감은
깁흔정과큰은혜 생각흠인 듯


이러구러이듬해 봄이되어는
다정흘스그제비 넷집차져와
박씨한아무러다 흥부의압헤
써러치고이샹히 지져거리니


씨앗한아일망정 정으로줌을

홍뷔쏘한정으로 바다심으니
삼ㅅ일이못되어 순이나와서
마딕마딕입이오 줄기줄기꼿

어느덧박네통이 두렷이열녀
대동강널은물에 당두리처럼
덩그런히달님을 흥부가보고
깃븐김에옹산이 한둘아니라

『비단이한씨라니 한통을짜서
속으란지져먹고 박아진파라
쌀파라다밥지어 먹읍세』흠은
홍부의급흔싱각 그럴듯흔듸

『그박이유명흐니 찬이슬마쳐
구쳐서보자』흠은 마누라알쓸
그달저달다지나 팔구월되어
비바람이슬마져 아조구드니

박한통을짜노코 량주가켤새
슬근슬근톱질로 툭타노흐니
빗구름이러나며 풀은옷동ㅈ
쌍으로걸어나옴 신긔흐도다

한손에ᄂᆞ딕모반 쏘한손에ᄂᆞ
류리반놉히들어 두번절흐고

병병이짜로너혼 약을바친뒤
간듸업시형용이 아니보이네


죽은이살니는약 먼눈씌는약
갑업는이런보배 바다가지고
흥부가질거움을 익이지못히
얼사절사조타고 엉덩춤추네


쏘한통을짜노코 툭타서보니
집지위가나와서 멋번분별에
고래등가튼집이 반공에솟고
동산이며논밧이 짜라생기며


쏘한통을짜노코 툭타서보니
가진세간다나와 제자리찻고
가진곡식다나와 고앙에차고
안팟하인다나와 제직칙ᄒ며


쏘한통을짜노코 툭타서보니
글글씨그림이며 풍악노래며
힘슬긔군ㅅ쓰기 말잘ᄒ는이
가진직조품은이 쎼로나오니


세상에긴흔것이 업는것업고
사람의ᄒ올일을 못홀이업서
이럭저럭가멸이 텬하에웃듬

도모지착ᄒ흔마음 갑흠이로다

홍부의집쒸놀며 조하서흠은
별안간부쟈됨을 깃버흠보담
이만복바들만콤 저의잘흠을
스스로츅수ᄒ며 기림이로다

(≪아이들보이≫ 뎨2호, 1913.10)

# 흥부 놀부 (二)

無記名

○놀부의 못됨
못살쌔엔남보다 모른체ᄒ던
놀부놈이아오의 잘됨을알고
『오냐너를가만둘 내아니라』고
욱닥여쌔아스러 건너갈적에

대문밧게싹서서 『이놈홍부야』
부르면서트집을 잡으려ᄒ니
홍부는공손되답 얼는나와서
『어서들어갑시다』 손잡아스네

놀부놈쩔터리며 『요사이너는
흠치기질흔단말 드럿다』ᄒ니
홍부가어이업서 전후수말을

꾸러안져낫낫치  일러드리며


간청히모셔들어  두로보인뒤
욕심내는세간은  모다들이고
보배를짜로실허  언니집으로
보내주는흥부야  착도하도다


놀부가돌아와서  생각히보고
제비의젓는다리  쳐매서주면
아오처럼큰세간  어들듯하야
동지섯달쎄부터  제비를차져


이듬봄제비들이  올째가되매
여긔저긔집터를  만들어노코
드립싸들이모니  만흔제비즁
수사나운한놈이  집잡아드네


집짓고알을나하  안으려홀제
놀부가그압헤가  직히고잇서
자조만져서보니  알이다곬코
다만한개까져서  날기를공부


구렁뱀기다려도  오지안흐매
집어나려두발을  부럿더리고
가장깜짝놀나서  이르는말이
『불상악착도하지  저제비』하네

조긔겁질을내어  찬찬동여매
제집에언져둔지  열아믄날에
구월구일당ᄒ야  두나래펴고
나라가니놀부의  아가리가싹

과연이듬봄되매  그제비와서
박씨한낫무러다  쑥써러치니
고딕ᄒ든놀부가  반겨집어서
뒤쓸에거름노하  곱게심으네

사나흘에순나고  덩굴이펴져
덩그러니십여통  박이열니니
세통에도부쟈가  된것을보면
쟝쟈될낌이라고  조하서펄펄

가을되어익기를  숍아기다려
만흔품삭을주고  사람을사서
슬근슬근한통을  타고서보니
나온다고약고든  한쎄놀이군
<sub>伽倻琴</sub>

『인심조코풍류를  질긴다기로
놀려왓습네』ᄒ고  둥덩둥덩둥
놀부가긔가막혀  돈빅량주어
제발어서가라ᄒ  쏘차버리고

또한통타서보니 늙은이즁이
시쥬ᄒ라나오매 엇절수업서
오빅량주어쫏고 또한통타니
요령소리나면서 샹제가나와


『이놈놀부이놈아 우리죵놈아
네샹뎐발인이니 안방을치고
제물차려노ᄒ라』 쌍쌍어르매
오쳔량내다주며 빌어보내네


마누라이꼴보고 긔가막혀서
『그박을켜다가는 집망ᄒ리니
제발마오』ᄒ면서 만류ᄒ야도
『요사ᄒ게집사람 잣말말라』네


또한통타서보니 팔도무당이
가진굿소리ᄒ며 나아와서ᄂ
『굿ᄒ갑오쳔량을 당쟝내라』고
놀부가슴퉁탕퉁 함부로치네


홀일업시그수효 다내다주고
나죵을보리라고 또한통싸다
반만타고가만히 드려다보니
누른것이은은히 보이ᄂ지라


놀뷔가쟝씀이나 아ᄂ체ᄒ고

『이번에는금독이 나오는게니
어서타고보자』고 툭타노흐매
누른농싹질머진 만여명짐군

써들고야료흠을 견듸다못히
오빅량돈을주어 써나보내고
쏘한통을타보니 초란이쳔명
일시에우당퉁탕 내다라오네

소리한참흐다가 달겨들어서
뭇매치고오쳔량 내라고흐매
내다주고살아나 절까지흐며
압통에무엇들믈 가르치라니

『아지는못흐야도 어느통엔지
분명히싱금독이 들어잇으니
다타고보라』흐매 허욕북바쳐
동산으로치다라 얼는싸오네

쏫밧게한통에선 량반쎄나와
싱으로속량흐라 주리를틀며
한통엔선만여명 거사패나와
논밧문서내래서 쌔아서가네

이째놀뷔긔막혀 얼이업더니
『아모려나아주야 수가업슬가

쏘짜서오게』ᄒᆞᄂᆞᆫ 삭군의말에
렴치업ᄂᆞᆫ비위가 다시동ᄒᆞ네

어ᄃᆡ보자ᄒᆞ고서 한통타보니
여러만명왈자가 쏘쳐나올제
여숙이며무숙이 바금싹정이
텬하에말못ᄒᆞᆯ놈 다씨엇고나

이놈그놈저놈이 ᄎᆞ례로안고
놀부를잡아내여 굵은참바로
찬찬동여나무에 걱구로달고
매질군쏩아내어 팔갈아가며

심심치아닐만콤 이어족이며
가진이삭단이를 겻헤서ᄒᆞ매
놀부가피를쏫고 살녀달나니
오천량을밧고야 물너서가네

넉이다나아가고 ᄉᆞ족못쓰되
악에바쳐박한통 싸다가타니
쩨소경이나와서 경이라닑고
야단야단오천량 쏘쌔서가네

어언간놀부세간 다업서지니
다시야엇더랴고 한통쏘타매
텬하장사려도령 눈브릅쓰고

나와서죽으라고  차며짜리네

마조막쏘한통을  짜다가보니
빗이매오누르매 『올타이제는
금독든것이라』고  싱긔가나서
그즁에춤을추며  깃브게켜네

반도타지못ᄒ야  그속으로서
큰바람이러나고  큰소리나며
엄청난더러운물  쌔쳐나와서
왼집이그속에가  무쳐바리네

하늘이무심ᄒᆫ가  법이업는가
모질고조흔갑흠  바다지는가
아아한낫놀부의  맛나는일이
바라노니잘사람  거울되소서

(≪아이들보이≫ 뎨3호, 1913.11)


## 길가는 일군

無記名

갑시다갑시다  갈듸로갑시다
가고서안쉬면  갈듸로가리다
한거름한거름  더듼듯ᄒ야도
이거름거름에  다다름잇도다

ᄒᆞ시다ᄒᆞ시다　ᄒᆞᆯ일을ᄒᆞ시다
ᄒᆞ고서안쉬면　ᄒᆞᆯ일을ᄒᆞ리라
한고비한고비　갑갑ᄒᆞᆯ지라도
이고비고비에　되ᄂᆞᆫ것잇도다


가ᄂᆞᆫ이발알에　먼길이업스며
ᄒᆞᄂᆞᆫ이손알에　못ᄒᆞᆯ일업ᄂᆞ니
어려운길가ᄂᆞᆫ　우리들일군아
가기만ᄒᆞᆸ시다　ᄒᆞ기만ᄒᆞᆸ시다

(≪아이들보이≫ 뎨3호, 1913.11)


## 새해깃븜

無記名


새해가 왓고나　어버게졀ᄒᆞ니
올해에 네몸이　더크게자라서
잘쒸고 놀리니　깃브다ᄒᆞ시네


새해가 왓고나　스승게졀ᄒᆞ니
올해에 네슬긔　더널니터져서
잘배고 알리니　깃브다ᄒᆞ시네


새해가 왓고나　동무를차지니
올부터 사이가　더갓가워져서
짜쯧이 ᄒᆞ자니　이쏘한깃블세

(≪아이들보이≫ 뎨5호, 1914.1)

# 심청 (二)

無記名

질거움으로 나려오는 길
청이겨오행ᄒ야 인당소오니
모든장새제물을 가초벌니고
시각이느져감을 걱정ᄒ다가
옴을보더니밧비 들라ᄒ거늘

망극ᄒ나다시는 홀일업스매
하늘을우러보며 슯흔소리로
『이몸이죽사옴은 설지안흐나
늙은병신아비가 싹ᄒ온지라

남의ᄌ식되엇다 신세못갑고
씨친몸만고기배 채우게되니
불효는크거니와 밝으신하늘
굽으려삷히소서』 빌기마치고

물을나려다보니 긔막히고나
아버지어아버지 세번부르며
손으로낫가리고 쒸어서드니
사다넛는장사도 눈물이주줄

써러진청의몸이 가란지안코
얼마를써가더니 향풍이일며

선녜배를타고와 약을먹이고
새옷밧과입히고 구원ᄒᆞ더라

이윽히눈쩌보매 즈긔의몸이
편ᄒᆞᆫ듸누어잇고 못보던이가
좌우에서손발을 줌으르거늘
급히이러엇지ᄒᆞᆫ 곡졀무르니

동ᄒᆡ룡왕시녀로 명을밧자와
아씨를뫼시려고 온길이라네
인ᄒᆞ야빗구름속 배를졋더니
슌식간다다르니 분명ᄒᆞᆫ룡궁

만흔사람나와서 깃비마지며
여섯미리의메인 뎡을태어서
보기으리으리ᄒᆞᆫ 구슬집으로
모시어갓다노흠 도모지꿈속

좀잇더니인간에 업던머이를
내다가권ᄒᆞᆫ거늘 바다먹으매
믄득속이터지고 짠졍신나서
지난누리모든일 생각나ᄂᆞᆫ듸

본대룡왕의딸로 하늘잔채에
ᄉᆞ정으로로군셩 술만히먹인
죄를입어둘이다 인간귀양와

부녀되어고생을  격금이러라


반가히아버지몸  드립더안고
무릅알에머믈러  두소서흔듸
『오냐인제는죄를  용서ᄒ시어
인간에돌아가면  압날고초가


한바탕쑴되리니  하늘의ᄒ심
어길길이잇슬가  보냐』ᄒ시고
제방으로다려다  쉬라시ᄂ듸
버려논것이모다  손에익더라


청을보낸심현이  엇지지내나
작만ᄒ야두고간  쌀과돈으로
먹고살아가기엔  걱정업스나
쓸쓸코원통ᄒ이  그지잇슬가


못보ᄂ눈에라도  뵈ᄂ듯ᄒ쏠
느로귀에울리ᄂ  익은그소리
누으나안졋스나  이치지안코
자나쌔나한가지  애가슨키네


저는나를위ᄒ야  몸버렷스니
나ᄂ제혼위로케  죽으리라히
죽고져차리기를  한두번일가
이런속에세월이  덧업시한돌

이째청이하로밤 자고서나매
다시그젼지낸일 이져바리고
다만어셔나아가 병든아버지
뫼셔셤길생각만 간졀ᄒ더니


시녜와서뫼시고 물가로나와
젼처럼배를져어 한곳에와선
『당초에아씨의몸 더진곳이매
머믈고가오』ᄒ고 간곳업스며


이상타배변ᄒ여 꼿송이되니
그속이몸을족히 용납ᄒ지라
홀일업서동다를 바라샤례코
꼿이슬을먹으며 지내가더라


청을사다너코간 지난해장새
물건흥졍다ᄒ고 돌아오다가
인당소에니르러 녯생각나서
서로가르치면서 차탄ᄒ더니


믄득보니물우에 빗구름끼고
난듸업는큰꼿이 써다니는대
광채가찬란ᄒ여 본바첨이라
고이역여이르되『우리여러해


이리로다넛스나 꼿은커니와

나모입도본젹이  한번업는대
이곳송이이러틋  비샹홈보니
청의원혼곳됨이  분명ᄒ도다

가져다가나라에  바치리라』고
옥반에담아가다  진샹힛더니
임검게서깃브사  즁샹주시고
오쉭쟝을쑴이고  그속에너코

나라일을마치면  쟝압헤와서
사랑ᄒ야보심을  알쓸히홀새
곳쏘한임검뵈면  반겨웃는듯
더욱한째써나지  아니ᄒ시니

대개왕후게오서  돌아가신이
얼마아니됨으로  쓸쓸ᄒ마음
엇지ᄒ면조홀지  모르시던츠
이곳어더마음을  부치심이라

심색시는곳속에  몸을감초고
단이슬바다마서  연명ᄒ면서
사람업는째를타  밧게나와서
두로구경을ᄒ나  알리업더라

하로는임검게서  곳압헤오니
믄득향취진동코  어엿븐색시

창황히쟝속으로 들어가거늘
크게놀라나아가 열고보시니


빗구름도거치고 꼿업서지고
다만텬연스러운 색시잇스되
년긔는 열서넛에 생김이곱고
복덕조차외모에 나타나거늘


이윽히보시다가 파측ᄒ시어
『네무어시꼿속에 몸을감초아
이째지감히나를 어리엇ᄂ뇨』
청이붓그럼씌고 살외옵기를


『제본대샹감님의 빅셩의쌀로
션도의조화입어 몸을감초고
이러틋놉흔곳에 이르럿스니
죽입신들한흘줄 잇ᄉ오릿가』


인ᄒ야젼후수말 대강엿주매
임검게서처음엔 늣거우시어
눈물을흘리시다 나종말슴을
드르시고놀나움 마지아니며


『아아너의효도는 쒸어나도다
네졍셩에하ᄂᆯ이 늣기시도다
우리쌍에너가튼 도타운힝실

생김이적지안흔  경ᄉ라』ᄒ사

인ᄒ야이일로써  여러신하게
젼ᄒ시고왕후를  삼으려시니
여러신하들ᄯ한  깁히늣겨서
하늘이보내셧다  하례ᄒ더라

날을가려대례를  다지내시니
돌압헤가난방이  작은쌀로서
돌뒤에ᄂ엄연흔  만승국모라
혜아리지못ᄒᆞᆯ손  하늘ᄯᅳᆺ일세

구차히자라나고  나어릴망정
모든일이틀지고  마음착ᄒ야
어진덕이나날이  들어나가니
아름다운소문이  나라에가득

하로아츰ᄯᅳᆺ밧게  귀ᄒ게되고
임검님고임조차  지극ᄒ시나
마음에큰구석이  비어잇슴은
아버님엇지되심  아ᄂ수업슴

사셧나죽으셧나  매운세상에
늙고병든어른이  엇지되셧나
가진비단이몸에  편안치안코
고기도입에쓰지  안흘수업네

이째는봄철이라 임검님게서
동산안에머이를 작만ᄒ시고
후를동무ᄒ시어 경치보실새
째맛난곳나무들 번화도ᄒ다


느러진버들인대 우는쇠소리
질거움아닌것이 잇지안컷만
엇지ᄒ곡절인가 후의얼골에
감초지못ᄒ나는 두줄기눈물


쳐연히한숨쉬며 후의알외심
『그윽히생각ᄒ니 사람의눈이
하늘에해잇슴과 갓ᄉ온지라
밝게보는우리는 보고질기는


이러틋조흔경도 눈먼이에겐
돌이어근심거리 될쑌일지라
우연히늣김잇서 눈물남이니
무거이허믈마심 바라거니와


한번턴하소경을 이리로모아
조흔이째질김을 가치ᄒ도록
잔채를베프심이 엇더ᄒ올지
간절히바랍닉다』ᄒ시는도다


이말슴드르시고 후의어지심

새로이아름답게  역이옵시고
그만일어려움이  잇슬가ᄒ며
텬하에령을나려  소경모시네


고마우신이소문  견ᄒ야듯고
소경들의깃버ᄒ  엇지그릴가
오래웅달에사다  볏맛을보니
쒸놀며질겨ᄒ이  그지업고나


이째에심봉ᄉᄂ  여간잇던것
그동안이럭저럭  다홀쌘외에
갈ᄉ록북바치ᄂ  셜음못익여
오늘래일죽기를  긔약ᄒ더니


관가로서로ᄌ를  내어다주며
쌜리서울가라ᄂ  령을밧줍고
머니먼길쩌나서  간신히갈새
가진고생어려움  가초격더라


뎡ᄒ날다다라서  임검과후님
졍뎐에안즈시고  대궐압쓸에
팔도로서올나온  여러소경을
졍졔히자리주어  안치신뒤에


쉴새업시풍악을  알외ᄂ즁에
조흔음식나리고  고은비단은

샹급으로낫낫치　난화주시니
저마다깃버ᄒ야　만셰만만셰


마조막사흘재는　먼딕소경이
들어들오것마는　아버지얼골
그속에아니보임　괴샹ᄒ지라
후외애가생으로　마르시더니


다저녁째소리로　들어오는이
옷도허술커니와　쏠도쇠주코
것기도어렵거냐　안지도못히
집행이에기대서　간신히안네


갓다주는음식도　먹지못ᄒ고
이리저리소반만　더듬거리니
여러보는이더욱　싹히ᄒ더니
후게서임검님게　말슴들이어


싯자리의소경을　부르라시니
임검이며신하가　다생각ᄒ되
그소경이그즁에　참혹흠으로
각별은뎐쓰시려　흠인가ᄒ네


닉시가나아가서　성흔갓씨고
관복입혀업어다　압헤안치니
멀리서는오히려　의심잇더니

갓가히옴을보매  분명훈부친


매친맘한거번에  터져나오매
후게서『아버지여』  한마듸ᄒᆞ고
업드러져정신을  일허버리니
여러사람일시에  혼이나가네


임검게서그손발  주므르시고
쌔어남을기다려  곡졀무르니
후게서불경ᄒᆞ온  죄를쳥ᄒᆞ며
삼년만에부녀가  서로맛나ᄂᆞᆫ


ᄌᆞ셰ᄒᆞᆫ말새로이  알외들이매
낫낫치드르시고  크게기리되
『아름답고드믈고  긔특ᄒᆞᆫ지고
원뤼이런ᄉᆞ졍이  잇슴이로다


후의효셩하늘이  늣기심으로
쓰녓던부녀의를  잇게되거니
낸들엇지치하를  말가』ᄒᆞ시며
나려가맛붓들고  보라ᄒᆞ시네


후게서계에나려  통곡ᄒᆞ시며
『아버님쳥이져를  몰나봅시오
이만져만ᄒᆞ여서  이리되옴은
도모지망극ᄒᆞ신  텬은이어냐

그립던아버님게  뵘을어드니
죽어도남은한이  업습나이다』
심현이이말듯고  부지불각에
크게소래지르며『쑴가생신가


네진정내쌀이냐  죽은내쌀이
엇지ᄒ여이러틋  귀히되엇나
내눈이업서너를  보지못ᄒ니
이런죄악이어듸  잇스리』ᄒ며


한번얼골씽기고  눈을빗쓰니
두눈이믄득쾌히  쓰엇는지라
슯혼즁에깃브고  그립던츠에
반가움을이로다  엇지말ᄒ리


부녀두분의꼴은  말ᄒ도말고
궁즁이다긔이흠  못내이르며
소문이대궐밧게  퍼져나오매
빅셩이제일처럼  깃버ᄒ더라


경셩으로올흠을  힘쓰는힘이
아아귀어울시고  무서울시고
생각ᄒ매가르침  크기도ᄒ다
잘해싸지곳다울  심청의이일


(≪아이들보이≫ 데5호, 1914.1)

# 세 선비 (一)

無記名

○잘된 두 선비

넷날어느시절에  세아이잇서
형뎨의의를맷고  서로동무히
거룩흔스승차져  가치배호니
힘써흐는공부가  우렬업더라

스승게서도가장  긔특히녁여
가르치심게을리  아니흐더니
하로는당신압헤  불러안치고
세아이각기소원  무러보시매

한아이가나서서  여줍는말이
제소원은쇼년에  과거를흐야
가진조흔벼슬을  다거친뒤에
평안감스로호사  흠이라」흐며

한아이는엿줍되  「저의소원은
그윽흔고경조흔  산슈사이에
곳나무바람달의  임자로잇다
학타고하늘우로  올음이라」며

쏘한아이엿줍되  「저의소원은
귀히됨도아니오  신선아니오

지물만히모하서  가멸가운대
호강으로지내봄  이라」ᄒ거늘


스승게서세아이  엿줌을듯고
당신미리짐작ᄒ  쯧과가틈을
얼마콤신긔ᄒ게  녁여가로대
「너의들의소원이  각기다르나


제분수를제말홈  다한가지라
소원대로되리니  그리알고서
각각집에돌아가  그정ᄒ째를
일치말라」ᄒ시며  내보내더라


거긔서나려온지  여러해되매
절로서로헤어져  따로살더니
벼슬원턴아이는  셰가즈뎨라
과연일즉과거에  급뎨를ᄒ야


잔다리두로밟고  스십넘은뒤
평안감ᄉ를ᄒ야  길을써나니
째가졍히한참봄  조혼쳘이라
가진곳욱어지고  입피ᄂ대로


숫돌가튼큰길에  쌍가마타고
늘어섯다령긔들  셧다일산에
구름가튼츄죵에  둘러싸여서

일홈업는한곳을  다다라보니


뫼겹겹골이깁고  시내맑은대
뫼부리엔빗구름  휘휘둘리고
곳밧헤청학빅학  오고가는경
인간은아니로다  딴세상이지


쌔씃흔한선비가  게서나려와
감스압헤이르러  읍흐고뵈니
얼풋봐도긔골이  비범흔지라
쌍교를머므르고  나려답흐되


「그대는누구완대  무슨소이로
구태길에서차져  보느냐」흐니
그이가우스면서  이르는말이
「그대벼슬에싸져  눈어둡도다


공부가치흐던이  몰라보고녀」
이말듯고감스가  자세히보니
진실로아이째에  보던낫이라
손목잡고반김이  비길길업네


서로그리던회포  대강이르니
그이가손을쓸며  「내집이예서
머지아니흔대니  잠간들러서
구경흐고놀다가  가라」흐거늘

감시이말드르매 가쟝조흐나
나라의명을바다 가는몸으로
스졍으로지톄치 못흘것이라
얼는썩그리흐자 못흐겟스되


평싱그리던싯헤 엇재맛나서
매몰흐게흘수는 잇스랴흐야
비쟝하인들다려 「순막에가서
쉬이면얼풋다녀 오리라」흐고


한가지로산즁에 들어가보니
거록흘사모든경 보던바처음
마루에씰고올라 머이를내고
스승님큰은혜도 닐커러가며


「나는우연히여긔 와살거니와
그대는쏘올긔약 어려우리니
경쳐나두루보고 가라」흐면서
인흐야동문열고 보라흐는대


뫼와들비단가틈 쏫저러코나
풀나무와새짐승 각기질기며
곳곳이밧가는빗 논가는빗이
의심업시봄쳘이 한참이로다


남문여는걸보니 어이흔일가

나무는그늘지고 구름은피고
녀름군은김매고 다니는사람
부채질자로홈이 녀름이분명

서문을내다보니 하늘이놉고
바람은쌀쌀흔대 기럭이가고
뫼에는단풍이오 쓸에는국화
온갓낫알다익음 가을경이요

북문은내다보니 바람이맵고
입쩌러진나무에 눈이덥히고
길에다니는이는 털솜에쌔고
물이어러쏭쏭함 겨을이로다

감스가두루보고 놀라가로대
「그대엇지날속여 눈어리ᄂ뇨
어이흔곡졀인지 모를라」ᄒ니
그이는다만벙긋 우서가로대

「그대벼슬져러틋 놉하잇스니
집너르고세간이 풍비ᄒ려냐
먹고입고부림에 부죡지안홈
엇지나만못ᄒ다 ᄒ랴」ᄒ더라

감시쏘한우스며 「그대평일에
지원ᄒ던신션이 된가십도다

그러나 우리셋이 공부ᄒᆞ던즁
한사람예서못봄 설도다」ᄒᆞ니

그이가잠자코서 한참잇다가
「그잇ᄂᆞᆫ곳여긔서 멀지안ᄒᆞ되
ᄭᅩᆯ이이미변ᄒᆞ야 사람아니니
섭섭ᄒᆞ나홀길이 업다」ᄒᆞ더라

(≪아이들보이≫ 뎨6호, 1914.2)

# 세 선비 (二)

無記名

○못된 한 선비
감ᄉᆞ놀라엇지ᄒᆞᆫ 까닭무르니
「그가느로심ᄉᆞ를 그르게먹어
하늘이버력주샤 금ᄉᆞ망씨어
저산밋헤내던져 두셧ᄂᆞᆫ지라

불샹ᄒᆞ야그허믈 벗기려히도
우의ᄒᆞᆷ심맘대로 못홀것이오
아즉까지뉘우쳐 고침업스니
가엽슨말이로다 못혼다」더라

이말듯고감ᄉᆞ가 더욱서운히
「제죄를저바드니 맛당커니와

뉘우침보기위희 잠시사ㅎ고
제발맛나보도록 되게ㅎ라」니

신선이우스면서 「우리세사람
졍의야다를길이 업스려니와
그대내말을고디 아니드르니
보ᄂᆞ대서시험을 ㅎ리라」ㅎ고

사람식여그것을 올리라ㅎ니
이윽고한능굴이 들어오거늘
감ᄉᆞ대경실ᄉᆞ코 급히니러서
어서벗겨주기를 쳥ㅎ얏더니

신선이민망ㅎ야 진언을외매
문득허믈을벗고 사람되거늘
감ᄉᆞ그얼골보고 반겨서뭇되
「엇지ㅎ여이러틋 ᄲᅥ러졋ᄂᆞ뇨

구디한번보기를 원ㅎ얏더니
돌혀아니보니만 못ㅎ얏도다」
그이도비록못내 반가워ㅎ나
꼴사나움붓그려 눈물만주줄

신선이탄식ㅎ되 「셰샹사람의
잘되고못되는게 제게잇거늘
제잘못저모름이 애달읍도다

그러나희한ᄒᆞ게 우리모히니

말만ᄒᆞ다헤짐이 무미ᄒᆞᆫ지라
그대이제저동산 올라가보면
배나무에큰배셋 열렷스리니
싸다가난화먹음 엇더뇨」ᄒᆞᆫ대

마지못ᄒᆡ그이가 올라가보니
셋아니라네낫이 열려잇거늘
문득한낫저먹고 셋만가져다
한아식난화먹고 시침이쎈다

신션이감ᄉᆞ보고 손짓ᄒᆞ면서
「저사람의힝ᄉᆞ가 그저글도다
그나무의열린배 넷인줄알고
심ᄉᆞ를알려ᄒᆞ며 보냄이러니

배한아욕심내어 몰래싸먹고
모르ᄂᆞᆫ체세낫만 가져왓스니
제맘그름을남이 엇지ᄒᆞ리오
갑흠도제스스로 바들것이라

나를무정ᄒᆞᆫ줄로 아지말라」고
그허믈도로씨어 내보내거늘
감ᄉᆡ보매놀랍고 섭섭ᄒᆞ야서
어이업서볼만ᄒᆞᆯ 싸름이러라

신션이술을나와 한잔권커늘
감시바다먹은뒤 문득생각코
「우리오래간만에 서로맛나니
해지도록놀아도 부쪽커니와

그동안관하인이 기다릴지라
가야ᄒ겟다」ᄒ고 하직고ᄒ매
신션이멀리나와 작별ᄒᄂ대
돌아서몃걸음에 간바업더라

(≪아이들보이≫ 뎨7호, 1914.3)

## 세 선비 (三)

無記名

○반나절이 八十年
감시신긔히알며 산에나려와
숫막을차져가니 하인들업고
늙은이한아안져 자리매거늘
고이ᄒ야ᄉ방을 삷혀보아도

아모것도업슴이 어인일인가
셈몰라늙은이게 무러갈오대
「앗가평안감ᄉ의 츄즁하인이
예잇더니어대로 갓ᄂ뇨」ᄒ니

1. 동요·동시(1908~1925)　83

그가자로감ㅅ를 홀터보면서
「내가날마다에서  쇼일을ㅎ매
별양이자리에서  써남업거늘
엇지관힝잇슴을  몰랏스리오

모르는말뭇지도  말라」ㅎ거
감ㅅ듯고긔막혀  암말못ㅎ고
혹시속이나ㅎ야  다시무르니
그이가미친사람  맛난가ㅎ여

핀잔주며갈오대 「八十년젼에
평안감ㅅ관힝이  나려오다가
이뒤산에올라가  다녀오마고
관하인을여긔다  기다리라고

올라가해지도록  오지안흐매
이튼날모든사람  산에올라가
수십일기다리되  쇼식업스매

홀수업시연유를  우에알외고
새감ㅅ를내이고  소문거두나
이째까지싱ㅅ를  아지못흔단
닐러오는말슴은  드럿거니와

앗가라ㅎ는말은  미친소리니
다시는그런말을  ㅎ도말라」네

감싀이말을듯고  어안이벙벙
밧게나와생각되  저로인말이

넷말이면우리도  드럿겟는대
드른가십지안코  그ᄒᆞᄂᆞᆫ말이
내일과비슷ᄒᆞ나  아츰의일을
八十년젼이라니  허황ᄒᆞ도다

ᄭᅮᆷ인가싱시인가  ᄶᅢ지못ᄒᆞ야
무수히망서리고  버졍이다가
생각다못ᄒᆞ야서  길을돌이혀
집을차져와보니  이샹ᄒᆞ고나

집은제집이언만  나드는사람
모다서투름으로  주져ᄒᆞ다가
아모커나사랑을  들어가보니
모르는한늙으니  안졋는지라

「이집이내집인대  누구시완대
듸신으로쥬인이  되엿소」ᄒᆞ니
그이가이말듯고  어이업서서
어대서미친손이  들왓다ᄒᆞ며

하인을호령ᄒᆞ야  내치라거늘
감싀무류ᄒᆞ야서  고쳐말ᄒᆞ되
「나는과연이집의  쥬인이러니

멧칠젼평안감ᄉ   길써낫다가

즁로에서한나절  지톄흄으로
도임ᄒ지못ᄒ고  도로와보매
쯧밧게집안일이  환판이되니
모를일도셰상에  만히잇도다」

그제야늙은이가  ᄌ셰히보니
나히ᄉ십은ᄒ고  낫치환ᄒ야
범인갓지안흐며  그ᄒᄂ말이
바이시룽시룽은  아니ᄒᆫ지라

낫빗고쳐공손히  무러갈오대
「공연히돌아오심  무슨일이며
져다지긔구업시  걸어오심이
엇지ᄒᆫ까닭인지  알아지이다」

감ᄉ이에지낸일  ᄌ셰말ᄒ되
「내셩명은아모요  아모싱이오
안해는뉘ᄯ딸이오  ᄌ녀멧치오
벼슬은무엇무엇  지내었스며

아모해텬은입어  평안감ᄉ로
도임ᄒ라가다가  이만져만해
홀일업시집으로  돌아옴인대
모든일밧괴임이  괴샹타ᄒᆞ며

집써날째아들애  세살먹으니
그애를맛나보면  아올것이오
그애싱월일시를  조희에적어
부인을맛길째에  먹무든붓이

조희에나려져서  큰뎜잇스니
그를보면더욱이  알겟소」ᄒ매
그이가그제서야  아버지신줄
알아뵙고서울고  절을ᄒ면서

「어려서아버님을  써나옴으로
미쳐얼골을알아  뵙지못ᄒ야
이째싸지큰죄를  졋습거니와
돌아오심쑴인가  홉니다」ᄒ고

아들과손ᄌ들을  불러내어서
한아버님오심을  뵈오라ᄒ니
왼집안이금시에  수선거리며
경ᄉ롭게녁임을  마지안터라

감ᄉ가어린듯키  안져잇다가
그동안집안일을  나리드리니
안해죽은지이미  二十년이오
손ᄌ의나五十에  증손이三十

검은털고든허리  싀아버니에

센머리아들손즈  뫼시게되니
알괘라션경에서  한나절놀음
인간에선여든번  해밧괴도다


희한흔이ᄉ연이  우에들리매
신긔흔게녁이샤  불러보시고
다시평안감ᄉ를  식이옵시니
구경도잘힛거냐  영화도클세


우리는이이약이  드를제마다
가엽슨능굴이가  생각나노니
바라건대그사이  뉘우쳐고쳐
쌔끗흔사람의몸  되엇슬세라

(≪아이들보이≫ 뎨8호, 1914.4)


## 옷나거라 쑥싹

無記名


건너말김도령이  나무를가서
갈퀴로써러진입  한번긁으니
가얌한알톡튀어  나오ᄂ지라
「아버님들이리라」 품에너코서


쏘한번벅긁으니  쏘나오거늘
「이것은어머님게  들이리라」고

셋재번에나오는 가얌은집어
「이것은내나먹지」 간수ᄒ더라

이리한참나무를 ᄒ고잇더니
별안간소낵이가 쏘다지거늘
겻헤잇던빈졀로 피히들어가
안졋자니밧겻이 수란ᄒ지라

들보위에올라가 몸을감추고
숨도크게못쉬며 동졍삷히니
좀잇다가독갑이 쎄로들어와
각각방망이들을 ᄯ집어내어

「옷나거라쑥싹 밥나거라쑥싹」
짓거리며두다림 한참이어늘
이째에김도령은 심심도ᄒ고
배도곫하가얌을 ᄯ집어내어

시침쎄고한알을 벗젹쌔무니
독갑이는웬영문 모르는지라
집문허지는줄만 질에짐작코
으아소리를치며 모다줄힝랑

다라나간자리로 나려가보니
그득ᄒ은방망이 금방망이라
가져다가팔아서 세간을사니

살림의넉넉홈이 동리에웃듬

웃동늬박첨지가 이소문듯고
「오냐오냐나도좀 가보리라」고
지게지고그리가 갈퀴질ᄒᆞ니
여젼히가얌한알 나오ᄂᆞᆫ지라

「올치이건나먹고」 ᄒᆞ고서줍고
쏘한알은「마누라 주리라」ᄒᆞ고
쏘한알나오ᄂᆞᆫ건 「아들에게나
갓다주리라」ᄒᆞ고 거둬너터니

이째마츰소낵이 쏘다지거늘
「웅한알더나오면 아버님게나
들이려ᄒᆞ얏더니 엇져랴」ᄒᆞ고
얼는빈졀을차져 비를피ᄒᆞᆫ다

과연독갑이들이 들어오거늘
얼는들보에올라 숨어잇다가
쑥싹싹방망이질 한참홀째에
가얌한알집어내 쌔무니벗석

모든독갑이들이 「먼저번에는
몰랏거냐이번에 쏘속으랴」고
두로차져박첨지 잡아나려서
「네이놈감이누를 속일가」ᄒᆞ며

방망이로싹싹  쳐늘이더니
붓적부적키자라 금방열두길
휘청거려잠시를  못견딀지라
첨지가줄여주기  의결홀밧게


독갑이들우스며 「그리ᄒ마」고
한참쳐서조막만  ᄒ게ᄒ거늘
이번에는갑갑히  못견딀지라
제발본대키대로  ᄒ야달라네


돌려가며공긔를  한참놀다가
「하그려니그리히  주리라」ᄒ고
쏘얼마쳐서키는  전가치되나
오즉입살길다케  늘여노핫네


입살마져전가치  ᄒ야달라니
독갑이들통통히  호령을ᄒ되
「너의욕심사나움  돗과가트니
저리히야그런줄  남이알지라


키줄여준건만도  씀직ᄒ거늘
쌘듯십어쏘무슨  잔말이냐」고
게다가볼기쳐서  내어쏘치니
부자되라갓다가  사납다꼴만

(≪아이들보이≫ 뎨9호, 1914.5)

# 나무군으로 신션 (一)

無記名

(一) 션녀색시

넷날어느적엔지  금강산속에
구차흔나무군이  한아잇스니
장가도드지못히  홀아비살님
짐짐이파는나무  목숨이러라


마음이바름으로  속임이업고
일에부즈런히야  제압차리니
누가조타안으리  보는이마다
잘되는날반드시  잇다히더라


하로는나무를    버이노라니
산양군에게쫏긴  노루한마리
헐덕헐덕압흐로  달겨들어서
잠시숨겨달라고  밧비빌거늘


불상히야버여싼  섭단들치어
숨겨주고여젼히  나무를치니
좀잇더니산양군  쪼차들어와
「노루한마리모라  여긔온것을


그대못보았느냐」  무러보거늘
나무군이텬연히  「올치그노루

고대저골작이로 갑듸다」ᄒ니
그러냐고그리로 곳장줄달음

한참잇다노루가 섭헤서나와
목숨살녀준은혜 깁히샤례코
「텬하에짝이업는 고은색시를
즁매ᄒ야이신셰 갑흐오리다

이듬날한나절쯤 아모못(池)가면
션녀셋나려와서 목욕ᄒ리니
그옷한벌집어다 감초으시면
그임자가하늘에 올라못가고

필경당신과가치 살게되리다
그러나아들셋 나키젼에는
힝여그옷내주지 마시오」ᄒ고
신신당부ᄒ뒤에 물러가더라

참인가거짓인가 모르겟스나
쑴인듯생시인듯 깃븐이소리
하로밤을해가치 겨오지내고
이듬날어둑ᄒ이 못으로가니

하ᄂ님동산으로 별로쑴이신
이뫼에어느곳이 범연ᄒ리만
아름다운즁더욱 아름다울사

션녀의목욕터로  마련흔이곳


압질러간나무군  숨헤숨어서
숨도크게안쉬고  기다리자니
째되매하늘로서  옷자락펄펄
나려오는세션녀  과연이로다


우알에옷버서서  나무에걸고
서로보고방그시  우서가면서
퐁당퐁당못속에  쒸어들어가
씻고닥고흠치는  고을사그꼴


나무군이얼업시  바라보다가
문득생각흐고서  가만히나가
옷한벌나려다가  감초아노니
몰내흔일션년들  엇지알리오


얼마만에씨슬것  다씨섯는지
한참못가에나와  바람쐬다가
올라갈째되어서  옷닙으랴고
와보니탈이로다  한벌이부죡


두로차져보아도  아니보이고
째는졈졈느지매  흐는수업시
두션네먼저가며 「이런스연을
하늘게살외어서  엇지흐마」네

뒤써러진션녀는  설고붓그러
구슬가튼눈물이  두쌤에쑥쑥
이째에나무군이  숩헤서나와
갓가히옴을보고  게다가놀남

쌍에가폭업대어 「본체마시고
지나가주오」ᄒ며  슯히빌거늘
나무군이벙그시  우음을씌고
「하늘과쌍의다름  잇슬가보냐

늬외될연분이야  엇지ᄒ릿가
ᄉ양말고가치가  살님ᄒ시다
집이구차는희도  벌면먹으니
사랑으로지내고  정으로살면

평싱질거움그지  업스려니와
저대로는하늘도  못올을게요
간대도큰꾸지람  못면ᄒᆯ지라
도모지마련대로  슌죵ᄒ시다」

싣써러진이판에  아니면엇재
쓰ᄂᆫ대로슬몃이  쓸니어오니
나무군새셔방의  깃거움이야
하늘에나올혼듯  비길대업네

(≪아이들보이≫ 뎨10호, 1914.6)

# 나무군으로 신션 (二)

無記名

(二) 나무군 신션
지아비는밧게서  버러들이면
지어미는안헤서  살님을ᄒ니
홀아비째비길가  셰간살이가
나날이달라가서  걱정업더라

내외사이조키가  비길대업고
그달로아기가져  제달이되매
배를트고나오ᄂᆞ  한낫옥동ᄌ
귀업기가손속에  구슬보다더

금이냐옥이냐고  귀히기를제
멋해아녀젼가튼  동생을보니
어머님의사랑과  아기네들의
자라가며싸름이  유별ᄒ지라

나무군이이적엔  마음을노코
「오래도록숨김은  정이아니니
차라리집어내어  공론ᄒ고서
아주업새시름을  이즈리라」고

노루의당부ᄒ던  말을어긔고
하로는그옷집어  내어보이니

션녀가얼는바다 몸에언더니
두쪽겨드랑이에 두아이씨고


두말업시하늘로 훨훨날라서
올라가는긔막힌 어이업는일
나무군이비로소 남편보담도
하늘을더그리워 흔줄을알고


「올커니노루부탁 그럴것이지
아이가셋이더면 씰수업스니
어느즈식을두고 가지못ᄒ야
저리쉽게못올라 갓스리로다


아아내가어립어 잘못힛도다
인제부터누구와 살리오」ᄒ며
한참은설음겨워 못견댓스나
늘이리ᄒ고만 잇지못ᄒ야


다시독긔를차고 산에오르니
쓸쓸한뫼가더욱 쓸쓸ᄒ고나
하욤업시풀숩에 안젓노라니
어대선지한마리 노루가와서


「나를몰라보시오 나는저즘게
당신덕에목숨산 노루어니와
엇지드르니내말 아니듯다가

선녀를일헛다니  오죽ᄒ릿가


하불상ᄒ길내  이번한번은
조흔도리가르쳐  주리다」ᄒ며
「션녀들이목욕터  들킨뒤에는
다시는나려와서  감지아니코


하늘로서두레박  나려보내서
물을길어올려다  쓰는터이니
이듬날아모쌔쯤  그리로가서
두레박나려옴을  기다렷다가


재발리물을쏫고  속에들안져
슬니어서하늘로  올라가시오
그리ᄒ면션녀는  녯졍이잇고
더군다나두아기  압바그리워


밤낫으로부르고  찻는터이니
반드시무슨수가  생기오리다」
그가이말드르매  깃브니마니
죽음에서산듯이  쒸고춤추며


무수히노루에게  치샤ᄒ뒤에
그말대로이튼날  일즉그리가
이제저제째되기  기다리는차
둥실둥실나료네  커단두레박

풍덩실물에너허 가득길어서
바야흐로쓰집어 올니려홀 째
마침차리고잇다 달겨들어서
물을쏫고그대신 들안졋스니


션녀도이런줄야 엇지알리오
한바람두바람식 오르네하늘
이러케하늘문을 어더들어가
맛나보니아모는 아니조흘가


션녀의남편이오 션동의어른
나무군도인제는 신션속사람
사랑으로일우인 이한집안에
차고넘치는것이 평안과화락


더흘나위의업는 이집안큰복
인간에는진실로 소문업서도
하늘에선부러움 혼자바드며
오래오래가도록 챵성ᄒ더라

(≪아이들보이≫ 뎨11호, 1914.7)

# 남잡이가 저잡이

無記名

구차코어진형이 아우잇스되
형셰는부자언만 마음이도척
지내다못ㅎ야서 아우에게로
도아달라갓다가 괄시만담쏙

긔막혀오ᄂᆞᆫ길에 발에걸니어
보자한아집으니 금덩어리라
뉘것인지모르되 일혼사람야
오즉애쓰랴ㅎ고 기다리더니

과연한늙은이가 밧비걸어와
허둥허둥무엇을 찻ᄂᆞᆫ쓸이라
자세히무러보니 분명금임자
『내가주엇소』ㅎ고 내어노흐매

『이런고마울대가 어딋소』ㅎ고
반을쎄여주면서 샤례ㅎ거늘
『가난ㅎ긴ㅎ오만 턱업ᄂᆞᆫ지물
바들가보오』ㅎ고 도로내노니

늙은이가엇젠지 허허우스며
『셰상에도어진이 이제보겟소
바르고도올코도 쌔긋ㅎ시오

하도긔특ᄒ시니  홀말슴잇소

그대집안가난은  다름아니라
집에가난이귀신  둔까닭이니
돌아가이리이리  방법을쓰면
고대큰수가터져  가리다』ᄒ네

깃붐을못닉이어  밧비돌아와
우당우당짐싸고  집을버리고
나는영영간다고  나서노라니
이샹타어듸선지  저우름소리

『놀라서네가도시  무어냐』ᄒ니
『당신짜라다니는  가난이오니
부대가치가야지  ᄒ오』홈으로
『그러튼가그러면  이병에들게

다려다주고말고  그럼세』ᄒ며
고지듯고속으로  얼는들거늘
단단히막에ᄒ야  쌍에파뭇고
부즈런이구러서  부자되니라

아우가형의잘된  소문을듯고
시샘을못닉여서  차져와보고
부쟈되던리력을  캐어무르니
어진형이니르네  실샹으로다

듯기를다ᄒᆞ고서  올커니ᄒᆞ고
가난이무든대로  곳장다라와
파내어서니르되『우리언니가
넉넉ᄒᆞ게지내니  가보라』ᄒᆞ매

그귀신ᄒᆞᄂᆞᆫ말이『나ᄂᆞᆫ실여요
당신가치다정ᄒᆞᆫ  이를버리고
그러케인정업시  구ᄂᆞᆫ이게를
무엇ᄒᆞ라두번식  가겟소』ᄒᆞ며

인ᄒᆞ야그아우를  뒤싸라와서
잠시간에지물을  업새게ᄒᆞ야
가난이빌엉방이  만들어노코
싯싯내써러지지  안햇다더라

남을물에너려면  저부터드니
저를앗기면엇지  남을다칠가
남잡이가저잡이  되ᄂᆞᆫ보람을
적은이이약이가  밝히보이네

(≪아이들보이≫ 뎨12호, 1914.8)

# 어린이 꿈

無記名

아츰해에醉하야  낫붉힌구름
印度바다의김에  배부른바람
훗훗한소근거림  너줄째마다
간지러울사우리  날카론神經

草綠帳재를두른  님의나라로
네게듯고아라서  그리워하고
花露水흘러가는  깃븜가람에
배타랴고애씀도  원래네소임

처음고인葡萄酒  가튼네말을
길이듯게귀밝기  내바람이니
醉하리라醉하야  네긔운타고
날개도쳐나는듯  두루날리라

내블이두둑하고  더운피돌아
싸쯧한네입마춤  바들만하니
딋도록억개겨리  동무해주게
불빗쌘히오라는  하늘저편에

(≪靑春≫ 제1호, 1914.10)

# 물네방아

無記名

소용돌아뱅뱅뱅　소용돌아라
네힘것은돌아라　쌔의물결아
날낭은알이되어　가운대박여
내둘레서긔쓰고　돌믈보리라


물네처라홱홱홱　물네치거라
그물에돌아가는　運數방아야
날낭은공이되어　무거움으로
도는족족확엣것　씨어내리라


덧업슨들쌔가쏙　무서울것가
한마대한마대식　매돕만짓고
미리모를運數쏘　겁아니나지
아는고쌔쏙잡아　降服바드면


다리로소용돌이　알박아서고
팔에는물네방아　공이쥐도다
아아나는거긔서　노래하리라
두쌤그득그윽한　우음먹음고

(≪靑春≫ 제2호, 1914.11)

# 새 아이

외 배

네눈이  밝고나  엑스빗간다
하늘을  쎄쑬코  쌍을들추어
온가지  眞理를  캐고말랸다
　　네가 「새 아이」로구나


네손이  슬겁고  힘도크도다
불길도  만지고  돌도줌을너
새롭은  누리를  지려는고나
　　네가 「새 아이」로구나


네맘이  맑고나  銳敏도하다
하늘과  쌍새에  微妙한 것이
거울에  더밝게  비최는고나
　　네가 「새 아이」로구나


네人格  놉고나  정성과사랑
네손발  가는대  和平이잇고
無心한  微物도  다밋는고나
　　네가 「새 아이」로구나

(≪靑春≫ 제3호, 1914.12)

# 게

無記名

등과발엔  무쇠갑옷
배가슴엔  백금방패

발싯마다  굽은갈퀴
쇠투겁한  둔한쟝슈

성이나면  집게발을
썩벌여서  둘러메고

무릅학을  곤두세고
붉어진눈  뒤룩뒤룩

모다귀눈  부릅쓰고
거품물고  모로닷네

(≪새별≫ 제15호, 1914.12)


# 말 듯거라

외 배

山아 말 듯거라 웃음이 어인 일고
네니 그 님 손에 만지우지 아녓던가
그 님을 생각하거드란 울짓기야 웨 못
하랴

네 무슨 쯧 잇으료 마는 하 아숩어


꿀아 말 듯거라 노래가 어인 일고
네니 그 님 발을 싯기우지 아녓던가
그 님을 생각하거드란 느끼기야 웨 못
하랴
네 무슨 맘 잇으료 마는 눈물 겨워


숯아 말 듯거라 단장이 어인 일고
네니 그 님 입에 입마초지 아녓던가
그 님을 생각하거드란 한숨이야 웨 못
쉬랴
네 무슨 속 잇으료 마는 가슴 쓰려

(≪새별≫ 제15호, 1914.12)


## 病身거지

놀 메

나는오늘 길가다가 큰길가에서
비렁방이 한가밧을 보앗읍니다
누덕이진 지아비는 압헤서것고
머리싹슨 지어미는 뒤싸릅데다.


나는그를 그난나를 마조向하야
차츰차츰 갓가와서 仔細히보니

불상하다 지아비는 눈이어둡고
지어미는 말못하는 미치광이라.


얼골빗은 어룽어룽 쥐마당이오
손과발은 샛감하타 가마귀로다
오고가는 나그네는 그를보고서
춤밧흐며 비웃기를 「에그더러워」


지아비는 말은하나 보지못하고
지어미는 듯긴하되 말은못하니
우리들이 보기에는 답답하건만
가조피는 봄꼿가티 웃기만해요.

(≪새별≫ 제15호, 1914.12)


# 許生傳 (上)

외 배


서울이라　下南村에　선배한분　살더니라
움막사리　단간草屋　食□라고　다만內外
집웅에는　풀엉킈고　섬밋헤는　삶이잔다
五更쇠북　萬戶長安　꿈인듯이　고요한대
가믈가믈　가는초불　그린듯이　도도안저
외오나니　聖經賢傳　글소리만　들리더라


그겻헤서　바늘들고　그덕그덕　졸던안해

깁으랴던　누덕이를　와락집어　내던지며
「여보시오　말좀듯소　아츰밥은　엇지랴오
나는발서　눈어두어　바늘품도　다팔앗소
남들은　　十年成就　小科大科　하온後에
出將入相　거들거려　가즌호사　다하는데

二十餘年　글을외어　科擧하나　못하고서
오동지달　칩은밤에　헐벗고　　밥굶어도
그래도　　如前하게　興也賦也　할터이오
글늙어　　배혼재조　바람먹고　살려하오
人生이　　죽어가서　저승이　　잇다하면
고린선배　죽은鬼神　酆都獄에　가오리다」

許生은　　못들은체　글소리만　더욱노펴
孟子에　　浩然章을　긔운차게　외오더니
하도몹시　쌩쌩대는　쌀난안해　잔소리에
참다못해　돌아안자　길게한숨　쉬이면서
「큰고기는　깁히숨어　道를닥기　一千年에
한번風雲　맛나는날　하늘놉히　올리솟아

소리를　　치량이면　우레번개　재오치고
손한번　　드놀리면　天地爲해　썰리나니…」
말이아직　맛기前에　그안해　　變色하며
「그만두오　듯기실소
잔고기니　큰고기니　打鈴듯기　쏘 역하오
다늙어　　죽은뒤에　政丞判書　하려하오

쇠죄한　　그몰골에　　말을해도　　窮相엣말
조굴어진　그쌤다귀　　福이왓다　　놀라겟소
헐벗고　　굶어안자　　孔子孟子　　찻기보다
설설이　　쓸는군밤　　외오는것　　제格이오
쏫가티　　곱은靑春　　당신일래　　다늙은것
생각하면　切痛하오　　잘잇스오　　나는가오」

許生이　　할일업서　　鍾路로　　　나온것은
이튼날　　첫밝게에　　이른장군　　모힐새오
냥태업슨　헌갓에다　　편자터진　　京兆網巾
총만남은　메트리에　　발뒤쑴치　　나오랴오
오고가는　行人들은　　머믓머믓　　이꼴보고
「거지낫다 바보낫다」　손가락질　웃음치오

「長安一富 그누구요」　許生의　　　뭇는말에
여러사람　쳐웃으며　　「卜富者」라　대답하오
량반아닌　卜承業이　　當時에는　　朝鮮甲富
金權이　　王權이라　　門前이　　　常如市오
량반상놈　各等人士　　俛首鞠躬　　늘어선데
唐突하게　들어선이　　그누구리　　許生이오

수인사도　아니하고　　單刀直入　　입을열어
「내只今　　稍緊하게　　用處잇서　　請하노니
만히말고　萬金돈을　　許諾하오」　한마듸에
두말업시　卜富者가　　許生의　　　請求대로
五日內로　安城邑內　　等待하마　　對答하니

안놀란건 두사람쑌  滿座中이  눈이둥굴

許生이   그돈으로  各色果實  都買할제
看色도   아니하고  갑다틈도  아니하니
天下의   果實장사  눈이벌해  뒤덤비어
한달이   다못하야  열倉庫에  갓득차매
萬戶長安 가가우에  밤한알을  못볼러라
開闢後   첫일이라  全國이   뒤슬컷다
그제야   天下장사  倉庫가에  모혀들어
코흘리는 許生前에 「팔으소서」哀乞伏乞
許生이   大笑하고  仰天嘆息  하는말이
가이업다 世上이어  萬金돈에  흔들릴줄」
倉庫門   활작열고  하로안에  다팔으니
갑다토지 아니코도  數萬利를  어덧더라

一年지나 왼天下에  無前大變  쏘닐엇다
망건감투 할것업시  총물이란  총물凶年
豪富家   새서방의  번적하는  장가길에
아바지의 낡은망건  빌어쓰는  야단이오
天下를   뒤놉게한  이原因은  그무엇고
許生이   濟州안자  총都買를  함일러라

이째에   連年飢饉  大小盜賊  蜂起하니
그中에도 三南各官  人民安堵  못할러라
나라이   힘을다해  가즌計策  다써보되
보람업서 滿朝廷은  밤낫업시  근심이오

하로는　　許生이　　單身으로　　賊窟에가
「뭇노니　　너희무리　　집과안해　　어대두뇨」
盜賊들이　　긔이녀겨　　이윽하게　　보듯더니
一齊히　　대답가론　　「부질업슨　　말이어라
집과안해　　잇슬진댄　　웨구태어　　盜賊投身
三生에　　罪障짓고　　萬民怨讎　　되을것고
우리도　　鑿井耕田　　良民에도　　良民으로
孝悌忠信　　聖賢의길　　싸르노라　　하옵더니」

許生이　　이말듯고　　길게한숨　　쉬온뒤에
「애닯다　　하늘道가　　째어진지　　오래고녀
躬耕力稽　　하는天民　　飢寒에　　부르짓고
優遊行淫　　하는무리　　酒池肉林　　하단말가
長安萬戶　　高樓巨閣　　부인房이　　웨만흐며
富者의　　倉庫속에　　썩는곡식　　어인일고

한편에는　　늙은總角　　짝을그려　　울랴거늘
豪貴家　　妾滕婢媵　　靑春空房　　무슴일가
썩는곡식　　밥을짓고　　늙는寡婦　　몰아다가
늙은總角　　짝을지어　　부인房에　　두고지고
某月某日　　너의무리　　某浦口로　　올작시면
물흐르는　　金돈銀돈　　힘껏등껏　　지어주마」
盜賊들은　　半信半疑　　그날그곳　　모혀들어
밀물들기　　기다리며　　서로공논　　하던차에
돗나리며　　들이대는　　네다섯채　　큰당둘이
許生의　　弊袍破笠　　큰배머리　　썩나서며

「이속에　　갓득찬돈　　너희게　　맛기노니
맘것힘것　지고메고　주린설치　다하야라」


쌈흘리는　盜賊무리　압헤즈륵　모화노코
「긔씻겨야　一千金이　업서盜賊　되단말가
내將次　　너의무리　仙鄕으로　보낼지니
주리던것　배씻먹고　안해엇고　소사끌고
아모달　　아모날에　물째마쳐　예미츠라」
盜賊들이　슈을듯고　돈짐지고　헤어지다


여긔는　　南洋속에　四時長春　無人絶島
濟州에도　늙은사공　석달남아　배질한데
盜賊무리　五百餘名　順風으로　下陸하야
나무찍어　집을짓고　풀을비어　밧닐우니
한말심거　열섬나고　山菜海魚　다함업네
얼마아녀　집집마다　아기소리　들리더라
두길세길　돌담싸하　넓은世上　좁게살고
門마다　　쇠를잠가　밝은天地　獄삼는줄
좀먹다가　남은나달　쉬쓴고기　할타먹고
쇠조각과　헌겁으로　가즌치례　야릇하게
웃기울기　말을조차　저울에다　쓰는고생
미친世上　지랄장이　가이업슨　살림이나


단간茅屋　이라해도　半間淸風　半間明月
쥐니마에　좀작난한　꼿동산은　업거니와
울어蒼天　굽어大地　그네의　　마당이오

茂林中에　우는百鳥　同樂하는　벗이로다
철차자　　새론五穀　이슬매친　어린나물
心身조차　淸閑하니　부럽을것　乾坤이나


먹고남은　물건을란　日本에　　실어내어
三年동안　장사한것　幾十百萬　모르더라
하루아츰　잔듸판에　太平逸民　모하노코
「許生이　　입을열어　「듯거라　동무들아
나는오늘　이섬써나　故國으로　가려하니
돌아가기　願인者는　이압흐로　나서거라
「우리는　　안가랴오　이極樂을　내어노코
거치는이　쏘업스매　맘난대로　즐길지니
우리는　　이곳에서　아들나코　쌀을길러
질항아리　술닉거든　노래하고　춤추랴오」
許生이　　빙긋웃고　다시금　　입을열어
「귀담아　들으시오　申申付托　이내말을


얼마아녀　이나라에　妖物들이　생기리니
그妖物　　생기거든　집과집에　싸홈나고
쌀독에는　피가뭇고　술항아리　쌔어지고
노래하던　그입에는　働哭소리　나리로다
그妖物은　얼굴곱고　말잘하는　두오누니
올아비는　돈이라고　그의누이　글이로다


千年묵은　구미여호　神通하야　오누되니
동굴동굴　오불고불　各色造化　능난하야

곳게생긴　하늘道를　가로채어　휘어쓰매
되다못된　病身바보　英雄되어　주적시고
靈魂에다　갑슬매어　萬物庾에　버리리니
「동굴고불 千里萬里」　呪文외며　把守하라
아들딸　　나거드란　논물에다　沐浴감겨
밧귀자기　버들그늘　젓을먹여　누일지니
지나가던　毒蛇전갈　어이돌아　갈터이오
자란뒤에　손발바닥　구든살이　오르거든
구든살은　太乙眞人　손소그린　護身符니
百病百鬼　不侵하고　萬壽無疆　하오리라」


言罷에　　그들中에　기억아는　세네사람
불러내어　배에싯고　順風마자　배써날제
물가에　　가믈가믈　손혀기고　부르는양
배우에　　사람들도　굵은눈물　써루더라
하로이틀　니어順風　두달이　　다못되어
물속에서　솟는해에　써나온다　故國멧발

(≪새별≫ 제16호, 1915.1)

## 녀름길

한 샘

풀밧희 누은 소는 쌕국이 소리 듯고
버들 그늘속에 잠자리 거름 뱰제
제비는 저혼자밧바 갈팡질팡하더라

1. 동요·동시(1908~1925)　115

　　　　　　　＝냇가에서


장마의 잔칼질로 참혹히된 흙비탈에
쓸쓸히 난 풀아 너는 살 希望 무엇이뇨
가을만 열음들 열제 남갓잘쑨이옵네
　　　　　　　＝벍어버슨뫼알에서


자는듯 죽엇는듯 꼼짝안튼 나무새들
바람 한번 지나가매 닙닙히 우줄활활
이윽고 고요해지니 새색신듯하여라
　　　　　　　＝숩속에서

(≪靑春≫ 제10호, 1917.9)


# 봄의 압잡이

無記名


버드나무 눈트라고
가는비가 오는고야
개나리　　진달네꼿
어서퓌라 오는고야


보슬보슬 나려와서
축은촉은 췩여주매
질적질적 저즌흙이
유들유들 기름돈다

아츰나절 저녁나절
나무기슭 기슭마다
참새무리 들네임을
벌서부터 드럿스니

늙은제비 젊은제비
긴날개　번득이며
녯집차저 오는쓸도
이비뒤엔 보이렷다

이비는　방울마다
목숨의씨 품엇나니
나무거니 풀이거니
맛는놈은 싹시나며

이비는　오는족족
목숨의샘 부릇나니
사람이고 물건이고
더럭더럭 긔운나네

첫비에　일은쏫과
둘째비에 느즌쏫이
차례차례 입버리고
못내깃버 우슬적에

첫비에　속닙나고

둘째비에 것닙나온
썰기썰기 버드나무
푸른울을 싸흐렷다


골에숨은 쇠쏘리가
목청자랑 하고십허
비단소매 썰터리고
이속에와 부치렷다


홋홋이　벗쏘이고
산들산들 바람불째
목을노하 쇠쓸거려
깃붐의봄 읇흐렷다


아지랑이 쓰는곳에
종달새가 팔죽팔죽
햇빗바로 밧는곳엔
씨암탉이 뒷둥뒷둥


나물캐는 색시들의
바구니가 드북하고
어린아이 속곱상이
가지가지 질번질번


젊은이의 얼골에는
함박꼿치 뛰려하고

늙은이의 굽은허리
조곰하면 필듯하다

업드렷든 모든것이
한써번에 닐어나며
쪼그렷든 모든것이
길길히    긔를펴네

오래든잠 문득쌔어
구든어름 쌔터리고
지저괴며 흐르는물
소리소리 깃븜이오

살녀는힘 북바쳐서
쌍을트고 나오는움
한푼한치 커질스록
더욱쏠쏠 더욱씩씩

사나운    치위밋혜
몹시눌녀 잇슨만콤
쌔를맛나 쌧는힘이
무덕지고 어마어마

죽다살게 하는봄의
압잡이로 오시오니
슴찍해라 거록해라

고마울사 이비로다


이비의    지난뒤엔
알는소리 살아지며
이비의    가는곳엔
느긋한빗 널녀지네


소리업시 잘게와서
큰존일을 하는그비
자작자작 써러짐을
얼이쌔저 내가보네

(≪靑春≫ 제13호, 1918.4)


## 압헤는바다

無記名


한방울한방울식  돌틈을쑬코
써러지는샘물이  제스스로는
어대가는셈인지  모르지마는
멀고먼그의압헤  바다가잇네


샘으로서,시내로,  시내로서,쏠,
여울로서,가람이  되기까지도
어대가는셈인지  모르지마는
나갈스록갓가히  바다가잇네

잘든굵든,만적든  물이란물은
바다로도라감이  애적의작뎡
내남업시어느덧  다다라보면
기다렷다삼키는  바다가잇네

쌔의바다바라고  나가는우리
바다에간다음일  궁거울시고
숨가치슬어지는  거품이될가
하늘덥는물결로  야단을칠가

(≪靑春≫ 제15호, 1918.9)

# 봄의걸음
李東園

죽음의겨울에 □엇든것은
生命의봄에 살아오도다
조흔나라에 봄의使者가
生命의싹을 가지고와서라

어름의封鎖에 갓첫든고기
봄물속에서춤을 □□히추고
잔물결치는 프른물우에
물의우슴이 해빗헤빗쳐

손에다손을 갓치잡고
봄의거름을 물이거러

프른물우에 한걸음두걸음
걸어서가는 □이의발소래

(≪學生界≫ 창간호, 1920.7)

## 꿈의동산

春 城

### 一

엷다란실안개여
꿈의帳幕을치는구나
東便언덕고요한곳에
그곳에버려선솔나무그늘노
밝가케핀살구곳우숨으로
그동산에王者를만들야고.

### 二

파란하날에서는
水晶의빗이쏘다저나리고
前左右나무가지에서는
永遠의歌者인적은재들이
白玉의울임을울니면서
네동산의光榮을祝福하네
거짓업는새生命의힘을다하야

### 三

해의金빗물결이

네幕帳우에錦繡를그리고
바람의□□한소래가
네귀에音樂이될째
하얀옷입은적은處女는
두손에올간을들고
情다히기여드는구나
네의째씻한넓은가삼으로.


四
아, 쑴동산이여
너의가삼은
聖女의무릅쑨祈禱室보다도
天使의往來하는노리터보다도
더淨潔하고더神聖한새에덴인적


五
아!쑴동산이여
나는懇切히바란다
네가삼에안겨서
世上의擾亂한모든苦痛을이져바리고
平安한마암우에「永遠」을그리면서
네입술에키쓰를하고
네팔목에매여달녀
한업는쑴에깁히잠기기를

(≪學生界≫ 창간호, 1920.7)

# 먼后日

金素月

먼后日당신이차즈시면 그째에내말이—
　　　　　　　　　니젓노라.
당신말에나물어하시면 무척그리다가—
　　　　　　　　　니젓노라.
그래도그냥나물어하면 밋기지안아서—
　　　　　　　　　니젓노라.
오늘도어제도못닛는당신 먼后日그째엔
　　　　　　　　　니젓노라.

(≪學生界≫ 창간호, 1920.7)


# 田園의黃昏

岸 曙

집집마다 써오르는煙氣,
西녁하늘에 찌도는 붉은구름,
흘녀덥퍼서 저녁빗을 듭는데
나무가지에는 비닭기가 울고잇서라.

안개는브이하게 큰들을 휩싸며
들버레소리가 길이 빗겨울을제,
村落은 沈黙의새쑴을 비롯하며,
둥글한 달은 혼자 쏫아밝아라.

이러한밤이러라, 이러한째의

나무아러엔 불이빗나며 □人의閒談,

저山밋敎會로서는 讚頌의소리,

그윽히들니며 밤은 차차깁허라,

(≪學生界≫ 창간호, 1920.7)

## 山元 **갈마半島에서**

잔 물

사람도 업―는 葛麻半島에

幽寂을 차즈려 배를다히고

돌길을 더듬어 섬끝에서니

물결이 저혼자 소리처논다


낫볏을 쪼이며 바위에안저

바다ㅅ 저便에 머리만뵈는

머나먼 連山을 바라볼째에

물넘어 北國이 그리워지네


우리네 同胞가 만히산다는

間島란 곳에도 이리가려니

덧업는 생각에 눈물짓는데

발밑엔 물소리 悽然이난다


쓸쓸히 夕陽은 지려하는데

永興灣 어구에 외로쓴돗은
어대로 가는지 말업시잇고
바다는 寂寂히 저믈어간다

(≪開闢≫ 제2호, 1920.7)

# 어린이노래

잔 물

　불켜는이
기─나긴 낫동안에 社務를보던
사람들이 벤도씌고 집에돌아와
저녁먹고 大門다칠 째가되면은
사다리 질머지고 석냥을들고
집집의 장명燈에 불을켜노코
다름질 해가는 사람이잇소
銀行家로 이름난 우리아버지는
재조썻 마음대로 돈을모겟지……
언니는 바라는 大臣이되고
누─나는 文學家로 成功하겟지……


아─나는 이담에 크게자라서
이몸이 무엇을 해야조흘지
나홀로 選擇할수 잇게되거던


그─럿타 이몸은 저이와가티

거리에서 거리로 돌아다니며
집집의 장명燈에 불을켜리라


그리고 아모리 구차한집도
밝도록 횐—하게 불켜주리라
그리하면 거리가 더밝아져서
모도가 다—가티 幸福되리라


거리에서 거리로 꼿을이어서
점—점점 山속으로 들어가면서
寂寞한 貧村에도 불켜주리라
그리하면 世上이 더욱밝겟지………


여보시요 게가는 불켜는이어
고닯흔 그길을 외로워마시요
외로이 가시는 불켜는이어
이몸은 당신의 동무임니다
　　　　(六一年八月十五日……잿골집에서……역)

(≪開闢≫ 제3호, 1920.8)


## 望鄉

在江戶 잔 물


山으로 가도
　　　　바다로 가도
속살대는 소리가

부럽게 들리고
山머리 서넘어로
        저녁해저므는데
아아 내몸만
        그림자 외로워라.
이몸이 날으는 새가트면
이러케 울지는 안흐련마는
        아아 내故國은 머나먼山뒤
        힌구름 저쪽에 잇는것을.


서울서 자조밟던
        잔디밧그우에
썰어진 落葉이
        只今은춤추리라
아아,님아 愛人아
        잔디로건일을제
그대찻던 내발자국
        마음속에 차자봐라.


피려는 薔薇가튼 붉은입슐로
노래가티 滋味로운 말소리들으면서
情타는 어린가슴 터질듯이쮜노이며
幸福스런 멋날을 그곳에보내도다.


山넘고 들넘어 내가온이곳을
입지는 나무미테 외로이생각하며

잠잠이 우는양이 눈에뵈여ㅡ.
아아 愛人을둔 旅人은 더압흐구나.

(≪開闢≫ 제5호, 1920.11)

## 試驗전 날밤

吳相淳

翌朝는 試驗날이엇다
머리를 쉬어가지고
試驗□備하라고
저녁을 먹은후
옷입은채
暫間 누엇더니
어머니얼는 아바지
가만히 操心스럽게
이블덥허 주신다
쌔여 잇스면서도
불어 자는체ㅡ하고
눈을 슬적 감앗다
자는줄로 아ㅡ시고
가마ㅡㄴ히 操心스럽게
덥허 주시는
아바지의 隱隱한 사랑
고마운 마음을 持續코저
試驗준비하려

이러날가 말가 망서리다가
나는 인애 말엇다
아―니 못하엇다
일것 가만히 操心스럽게
덥허주신 그의 誠意에
反抗의罪나 犯하는듯해서

(≪學生界≫ 제6호, 1921.1)



# 아가 아가

### 요 섭

아가아가우지마라, 능금줄겐우지마라.
아모것도나다실타, 내어머니젓을다고.
아가아가우지마라, 고쌈줄겐우지마라.
아니아니고쌈실타, 내어머니젓을다오.
아가아가우지마라, 서울구경시켜주마.
서울구경나는실타, 내어머니무덤에가자.
아가아가우지마라, 이잔둥에업어주마.
아니아니그것실타, 내어머니등을다고.
아가아가우지마라, 물이깁허못간단다.
네어머니무덤에는, 물이깁허못간단다.
산놉흐면넘어가고, 물깁흐면건너가자.
아니아니아모것도, 내어머니젓만다고.

(≪婦人≫ 제1권 제6호, 1922.10)

童謠

# 나븨

金容熙

一, 나븨야 나븨야 너어대
　　즐거웁게 춤을추며 쒸여가느냐
　　네모양 볼째에 내마음깃브다

二, 나븨야 나븨야 너어대
　　향방업시 고단한줄 모르고가나
　　어엽븐 꼿차저 네나래쉬여라

三, 나븨야 나븨야 어대로
　　쉬지안코 즐겁게 나라가느냐
　　나하고 동행해 너가는곳가자

四, 나븨야 나븨야 너가는
　　백화란만 향내나는 꼿세상으로
　　즐거운 꼿노리 나하고가하자

五, 나븨야 나븨야 네살림
　　자유롭고 평화로운 순결한세상
　　나하고 함쎄가 지내기원이다

(≪어린이≫ 제1권 제8호, 1923.9)

童謠

# 문각씨

버들쇠

도르락쏙싹 문각씨야.
가마탈날 갓가워서.
밤을도아 다듬질에.
각씨님이 밧부섯네.


　　　도드락쏙싹 문각씨야.
　　　속님맛기 사흘압헤.
　　　새플으는 저승사제.
　　　각씨님을 모서갓네.


도드락쏙싹 문각씨야.
안탁가운 다듬가락.
문틀에서 일쌔마다.
너를앳겨 눈물짓네.


　　　도드락쏙싹 문각씨야.
　　　애를싣는 방치장단.
　　　가을밤을 달이울째
　　　푸른입세 한숨짓네.


一九二三.一〇.一二夜

(≪新女性≫ 제2호, 1923.10)

童詩

# 靑개고리

白基萬

靑개고리는장마째에운다,  장마째에슬푸게운다,  장마째에목이압흐도록운다.

靑개고리는不孝한子息이엿다, 어머니의식히시는말슴을한번도들어본적이업섯다.

어머니개고리가「오날은山에 가서놀아라」하면, 靑개고리는반다시물에가서놀앗섯다, 쏘「물에가서놀아라」하면, 그는긔어히山으로만갓섯느니라.

어머니靑개고리가이世上을다살고죽을째에, 「나를江가에무더라」하엿다,——이말은「山에무더라」는 말이어니.

靑개고리는그의어머니의죽음을볼째, 조고마한가슴이슬품에문허저섯다, 넓고넓은天地에다시는그를사랑하여줄이가업섯슴이다.

그째에靑개고리는어머니의生前에한말슴도들어보지(順從)못하엿슴을뉘웃첫다, 그러나그것은영々돌아올줄을몰으는지난일이다.

그는어린가슴에슬품과압홈을안고,  그의어머니의마조막말슴을좃차어머니의屍體를물맑은江가에, 써러지는눈물과한가지로무덧더라.

그뒤에장마째가될째마다, 그는어머니의무덤을생각한다, 싯벌언黃土ㅅ물이넘어어어머니의屍體를씍워갈가念慮이다.

그리하야靑개고리는장마째에운다, 비마즌나무입헤서몸을적시우면서어머니를생각하고는, 슬푸게슬푸게 소리처우느니라.


아이들아, 너의들이일즉이장마비오는날, 쏘는밤 靑개고리의우는
슬푼노래에, 귀를기우려들어본적이잇느냐.

(이것은우리의엇던地方에傳해오는아이들이약이를詩로쓴것이외다.)

(≪金星≫ 창간호, 1923.11)


童詩

# 별쏭

孫晉泰


어머니, 제게말하섯지오,
어제밤에별쏭이써러젓슬째,
「저별쏭을먹으면죽잔는다」고.
새벽에나혼자압산넘어로
그별쏭을주으러갓다왓서요.
아모리차저도몰느겟서요
어머니, 별쏭이엇지생겻소?

――九二三. 一〇. 一二. 밤―

(≪金星≫ 창간호, 1923.11)

# 달

孫晉泰

달아 너는멋살먹엇니?
멋살에너어머니돌아가섯니?
나는다섯살에돌아가섯다!

달아 너혼자어듸로가니?
이밤중에너혼자어듸로가니?
너의집은너의집은어듸에잇니?

—一九二三. 一〇. 一二. 밤—

(≪金星≫ 창간호, 1923.11)


# 고두름

金錫振

순아순아가막순아
네집치장원일인가
유리기둥구술채면
용궁아씨되려는가
우리집에왕고두름
한발두발자라나서
세발장대되거들랑
너의매깜한다드라

(≪新少年≫ 제2권 제1호, 1924.1)

童謠

# 아가딸아

金世涓

아가 딸아
　문열 어라

비단 짜는
　구경 하자

안저 짜나
　서서 짜나

소문 업시
　잘두 짠다

(≪新少年≫ 제2권 제1호, 1924.1)


# 새해노래

松雲 沈宜麟

一, 새해로다 새해로다
　　無情하다 歲月이야
　　　흘러가는 물과가치
　　　　쌔르기도 쌔르도다,
　　癸亥年이 획다가고

섯달금음 當到하야
子正치고 過歲하니
甲子年의 새해로다.
二, 새해로다 새해로다
홰장우에 黃鷄수닭
두날개를 둥당치고
짜른목을 길게늘여,
쇠꾀이요 우는소리
甲子年을 반기는듯
질거워서 부르지니
깃브도다 새해로다.
三, 새해로다 새해로다
새해일을 하야보자
쌔긋하게 소세하고
새衣服을 썰쳐입고,
祀堂房에 들어가서
썩국차례 지낸後에
一家親戚 모이어서
깃븜으로 歲拜하자.
四, 새해로다 새해로다
온갓것이 새로워서
보는것과 듯는것이
해와가치 새롭도다,
우리少年 여러분은
새知識을 工夫하되
熱心으로 誠心으로

日就月將 하야보세.

(≪新少年≫ 제2권 제1호, 1924.1)

讀者文壇二等

## 눈

新浦公立普通學校<br>金昌壽

一, 窓을열고 바라보니
　　어제저녁 나리던눈
　　어대든지 銀世界네
二, 나무가지 눈이싸혀
　　오얏곳과 배곳갓치
　　희고희게 滿發햇네
三, 銀屑갓고 玉屑가튼
　　저긔저눈 싸혀져서
　　일만사람 足跡업네.
四, 나도한번 저눈가치
　　내마음이 희게되기
　　一平生에 所願이네.

(≪新少年≫ 제2권 제1호, 1924.1)

三等

# 어린아기

忠州公普 (六年)
曹東雲

곤히자던 어린아기
발자취에 놀라쌔어
울도안코 사람보며
도화가튼 두입술로
살고가튼 두주먹을
우물주물 쪽々々々
비단가튼 고흔얼골
빙긋빙긋 웃을적에
어머님은 쪼차와서
귀여움을 못이기어
얼사안고 하는말슴
잇븐젓을 내어노코
젓잘먹고 잘놀어라
얼는커서 학교가자
사랑々々 내사랑아
선생님의 교훈바더
착한사람 얼는되라

(≪新少年≫ 제2권 제1호, 1924.1)

三等


# 어린애기

慶尙南道昌原郡龜山面禮谷里
馬山公立普通學校 第五學年生
姜仲圭

一, 아가々々 어린아가
　　세살먹은 어린아가
　　답풀々々 감은머리
　　조춤조춤 쩨는발길
　　엇지그리 어엿브노
　　우 리 집 귀등자야
二, 아가々々 어린아가
　　재조잇게 생긴아가
　　쌈작々々 두눈방울
　　새별보다 또렷하고
　　곰실々々 노는모양
　　긔특기도 짝이업다
三, 어마아마 말배우고
　　어서커서 글읽어라
　　대학졸업 마튼후에
　　사회개량 시겨야지
　　국가공신 되어야지
　　둥 々 々 어린아가

(≪新少年≫ 제2권 제1호, 1924.1)

三等

# 겨울을마즘

昌原郡鎭海公立普通學校第四學年生
尹守仁

오―겨울아 오―겨울아
너웨그리 급히왓니
버레의 소리를
그치랴고 너왓다지

香氣나는 菊花를
업시랴고 너왓다지
우리들게 솜옷을
입히랴고 너왓다지

눈사람 만들어서
장난하라고 너왓다지
번적〻〻 얼움우에
짓치라고 너왓다지

책상을 벗을삼아
공부하라고 너왓다지
설〻슬는 짜신방에
잠잘자라고 너왓다지

오―겨울아 오!겨울아

여름에는 너오기를
간절히 바랏더니
이제는 네가실타

학교갓다 올째갈째
모진바람 차운눈은
나의쌤을 에어내는
四時中　모진겨울아

(≪新少年≫ 제2권 제1호, 1924.1)

童謠
# 설날

尹克榮

一, 싸치싸치설날은 어적쎄구요
　　우리우리설날은 오늘이래요
　　곱고고혼댕기도 내가들이고
　　새로사온구두도 내가신어요


二, 우리언니저고리 노랑저고리
　　우리동생저고리 색동저고리
　　아버지어머니도 호사내시고
　　우리들에절밧찌 조와허서요
三, 우리집뒤뜰에다 널을놋코서
　　상듸리고잣싸고 호도싸면서
　　언니허고정답쎄 널!뛰기가

나는나는조와요 참말조와요

四, 무서윗든아버지 순해지고요
　우지우지내동생 울지안어요
　이집져집웃소래 널쮜난소래
　나난나난설날이 참말조와요

(≪어린이≫ 제2권 제1호, 1924.1)

童謠
# 새는새는

無記名

새는새는 남게자고
쥐는쥐는 궁게자고
나는나는 울어마니품에자고

미꾸랭이 쎌에놀고
숭어색기 물에놀고
나는나는 울어마니품에노네
　　註. 남게(나무에), 궁게(구멍에), 울어마니(우리어머니),
　　미꾸랭이(鰍), 쎌(감탕, 溝泥).

(≪金星≫ 제2호, 1924.1)

## 아해재우는노래

無記名

    웅야 웅야
    우리애기 잠잘잔다
    우리애기 잠자는데
    압집개도 짓지마소
    뒤ㅅ집개도 짓지마소


## 비야비야

無記名

    비야비야 오지말아
    우리성이 싀집간다
    가마문에 비들친다
    당홍치마 어룽진다
        註 성(兄).

(東萊孫重子寄)

(≪金星≫ 제2호, 1924.1)

入賞童謠

# 허잽이

梅洞公普第三
金龍鎭

허잽이야, 허잽이야,
잠도업는 허잽이야,
어머니를 기다리나,
밤낫업시 웃둑웃둑.

허잽이야, 허잽이야,
길몰나서 헤맬째애,
네게물어 갈랴는데,
말못하고 웃둑웃둑.

(≪어린이≫ 제2권 제2호, 1924.2)

入賞童謠

# 겨울바람

高文圭

바람바람 겨울바람
너왜이리 차듸차냐
바람바람 찬바람아
제발덕분 부지마라

우리언니 밥짓는대
손등터저 압하할나

손등터저 아주압하
눈물방울 써러지면

우리언니 짓고잇는
설에입을 째째옷이
얼눅지여 못쓴단다
제발덕분 부지마라

(≪어린이≫ 제2권 제2호, 1924.2)

入賞童謠

# 연긔

平昌學校
曹德賢

연긔연긔 나는연긔,
손발업시 나래업시,
하늘나라 나라가다,
못된바람 바드치면,
해염업시 훗허지는,
연긔연긔 나는연긔.

(≪어린이≫ 제2권 제2호, 1924.2)

# 비

嘉會洞三入
趙炳顯

비가와요 비가와요
부슬부슬 비가와요
하늘에서 비가와요
햇님달님 눈물와요

저녁비는 달님눈물
아츰비는 햇님눈물
무슨서름 눈물인가
비가와요 눈물와요

(柳志永先生添削 選)

(≪어린이≫ 제2권 제2호, 1924.2)

# 고드름

버들쇠

고드름 고드름 수정고드름
고드름 싸다가 발을역거서
각씨방 영창에 달어노아요.

각씨님 각씨님 안령하십쇼
아침엔 햇님이 문안오시고

밤에는 달님이 놀너오시네.

고드름 고드름 녹지말어요
각씨님 방안에 바람들면은
손시려 발시려 감긔드실라.

(≪어린이≫ 제2권 제2호, 1924.2)

## 까막잡기

朴八陽

一, 눈감기고 팔벌녀
　　이리저리 찻난다
　　라라라라 라라라
　　이리저리 찻난다


二, 손벽치고 놀니며
　　요리조리 피한다
　　라라라라 라라라
　　요리조리 피한다


三, 웃지마라 잡힌다
　　(아무소리 마러라)
　　라라라라 라라라
　　(아무소리 마러라)

四, 애기장님 이장님
    날잡으면 용허지
    라라라라 라라라
    날잡으면 용허지

五, 올타됏다 잡헛다
    뒤퉁바리 잡헛다
    라라라라 라라라
    뒤퉁바리 잡헛다

(≪어린이≫ 제2권 제3호, 1924.3)

童謠

# 싸치야

金基鎭

싸치야 싸치야 바람이분다
감나무 가지에 바람이분다
    감나무닙새는 어대로가고
    바람이네집을 근너다니노

싸치야 싸치야 바람이운다
저녁의 찬바람이가지에운다
    감나무 가지에 홀어미싸지
    올겨울 나기에 쓸쓸하겟네

(≪어린이≫ 제2권 제3호, 1924.3)

童謠

# 봄

京城師範附屬普通
尹亮模(十二歲)

一, 짯듯하고 짯듯한 봄이오면요
　　이쪽저쪽 동산에 꼿이핌니다
　　개나리와 진달내 얼골내놋코
　　방싯방싯 우스며 손짓함니다


二, 호랑나븨 흰나븨 이리저리로
　　꼿밧흘요 춤추며 도라다니다
　　압흔다리 쉬려고 꼿에가안저
　　봄바람에 불니며 숨을쉼니다

（≪어린이≫ 제2권 제5호, 1924.5)


童謠

# 나무닙배

無記名

어적게 씌워논 나무닙배는
구즌비가오는대 어대로갓나
물가의 비저즌 풀숩새에는
조희쪽 흰듯이 잇슬쑨일세


어적게 버레손님 태워건늬던
새파란 나무닙 적은나루ㅅ배

돗대와 배ㅅ몸은 어대로가고
연못에는 비방울 소래쑌일세

(≪어린이≫ 제2권 제6호, 1924.6)

新作童謠
# 자나깨나한울구경
버들쇠

소내기는 구름의아우
무지게는 소내기언니
구름에는 소내기오고
소내기엔 무지게서네

구름가니 소내기가고
뒤밋처서 무지게온다
쫏차가자 오색무지게
가자가자 잼싼아이야

무지게에 매어달니면
한울구경 가게된다네
쑴에보든 한울세상을
자나깨나 볼수잇다네

(≪新女性≫ 제2년 제6호, 1924.8)

童謠

# 가을밤

無記名

착한아가 잠자는 벼개머리에
어머님이혼자안저 쒸매는바지
쒸매여도쒸매여도 밤은안깁허

기럭이쎄나라간뒤 잠든한울에
둥근달님혼자써서 저즌얼골로
빗치여도빗치여도 밤은안깁허

지나가든소낙비가 적신집웅에
집을닐흔부엉이가 혼자안저서
부엉부엉우르닛가 밤이깁헛네

(≪어린이≫ 제2권 제9호, 1924.9)

# 귓드람이소리

小 波

귓드람이 귓드르르 가느단소리
달―님도 치 워 서 파랏슴니다

울 밋 헤 과 꼿 이 네밤만자면
눈 오 는 겨 을 이 차저온다고
귓드람이 귓드르르 가느단소리

달 밤 에 오동닙이 써러짐니다

(≪어린이≫ 제2권 제10호, 1924.10)

新童謠
## 반달

尹克榮


푸른한울 은하물 하얀쪽배엔
게수나무 한나무 톡긔한머리
돗대도 아니달고 삿대도업시
가기도 잘도간다 西쪽나라로

은하물을 건너서 구름나라로
구름나라 지나선 어대로가나
멀리서 반짝반짝 빗초이는것
샛―별 燈臺란다 길을차저라.

(≪어린이≫ 제2권 제11호, 1924.11)


## 첫눈

三山生


펄―펄― 오는손님
　　　　한우님짜님
분바르고흰웃닙고
　　　　춤을추더니
보는사람붓그러

1. 동요 · 동시(1908~1925)　153

숨어버럿네

쌈안한울놉히서

멀니나려와

반겨맛는 사람의

억개툭치고

인사한말 안하고

숨어버럿네

(≪어린이≫ 제2권 제12호, 1924.12)

新作童謠

# 늙은잠자리

잔 물

수수나무 마나님

조흔마나님

오늘저녁 하로만

재워주시오

아니아니 안돼요

무서워서요

당신눈이 무서워

못재웁니다

잠잘곳이 업서서

늙은잠자리

바지랑째 갈퀴에

혼자안저서

치운바람 슯허서

한숨쉴째에
감나무 마른닙이
썰어짐니다

(≪어린이≫ 제2권 제12호, 1924.12)

入選童謠

## 별의 아들

安州郡安州面
崔京和

달밝은날저녁에
　　별의아들이
한울놉흔곳에서
　　자고잇섯네
아름다운얼골에
　　숨을쑤면서
구름송이갈고서
　　자고잇섯네

별의아들누엇는
　　구름자리를
작란쑨이바람이
　　몰래쌔가도
어엽븐별의아들
　　숨이조와서
그래도쌔지안코

자고잇섯네

(≪어린이≫ 제3권 제3호, 1925.3)

入選童謠

# 봄편지

蔚山 徐德出

련못가에 새로핀
 버들닙을 짜서요
우표한장 붓쳐서
 강남으로 보내면
작년에간 제비가
 푸른편지 보고요
됴선봄이 그리워
 다시차저 옵니다.

(≪어린이≫ 제3권 제4호, 1925.4)

入選童謠

# 팔려가는 소

京城 千正鐵

팔려가는송아지
 맘이설허서
어미소를보면서
 울며감니다.
눈나리고바람찬
 겨울아츰일

어미소를구슗히
　　작고웁니다.

(≪어린이≫ 제3권 제4호, 1925.4)



## 쇠부랑할머니

水原北門內<br>崔英愛

쇠부랑 짱짱이 할머니는
집행이 집고서 어데가나
쇠부랑 고개를 넘어가서
솔방울 쥬스러 가신단다.


쇠부랑 짱짱이 할머니는
저녁째 어대서 혼자오나
쇠부랑 고개를 넘어가서
솔방울 니고서 오신단다.

(≪어린이≫ 제3권 제4호, 1925.4)



## 옷둑이

京城蓮建洞<br>尹石重

책상우에옷둑이 우습고나야
검은눈은성내여 뒤쑥거리고
배는불러내민꼴 우습고나야

책상위에옷둑이 우습고나야
술이취해얼골이 빩애가지고
비틀비틀하는꼴 우습고나야

책상위에옷둑이 우습고나야
주정피다아래로 써러저서도
안압흔쳬하는꼴 우습고나야

(≪어린이≫ 제3권 제4호, 1925.4)

## 두룸이

韓晶東

보일듯이보일듯이
　　　　뵈이도안는
당옥당옥당옥소래
　　　　처량한소래
써나가면가는곳이
　　　　어데이더뇨?
내어머님가신나라
　　　　해돗는나라

잡힐듯이잡힐듯이
　　　　잡히지안는
당옥당옥당옥소래
　　　　구슯흔소래

나라가면가는곳이
　　　　　어데이더뇨?
내어머님가신나라
　　　　　달돗는나라.


약한듯이강한듯이
　　　　　쏘연한듯이
당옥당옥당옥소래
　　　　　적막한소래
흘너가면가는곳이
　　　　　어데이더뇨?
내어머님가신나라
　　　　　별돗는나라


나도나도소래소래
　　　　　너가틀진대
달나라로해나라로
　　　　　쏘별나라로
훨훨활활써나니며
　　　　　숨에만보고
말못하던어머님의
　　　　　귀나울닐걸

(≪어린이≫ 제3권 제5호, 1925.5)

童詩

# 키쓰와抱擁

孫晉泰

초사흘실달이, 그고흔얼골을조곰만내밀고,
한울에는세일수업는별들이, 산들그리며우슬째,
나는압쓸에서어머니젓가삼에안겨, 이러케물엇슴니다,
「어머니, 저별들은무엇이조타고
저럿케자미잇게속살거리고잇슴닛가?」

어머니는조곰잇다, 이러케대답하섯슴니다,
「아가! 귀를기우리고가만히들어보아라,
머―르니서는개고리의, 놉히불으는노래,
여긔저긔서요란히들녀오지안이하나?
그리고너의발밋혜서는, 한머리귓도램이
씨ㅅㅅ혼자외로운노래를불으고잇다.

달님은이것들의노래에마음이홀녀,
조곰만방문밧게얼골을내밀고
귀여운이것들을내려다보며잇눈 것이다.

아가, 쏘보아라! 별들도이어린것들의
자미스런귀여운노래에귀를기우리고,
정다운푸른빗갈을멀니보내여
개고리와귓도램이에입맛초며잇다!

아가, 지금시원한바람이솔々불어온다,
바람은풀입사귀를안고입맛초면서
괴로운다리를거긔서쉬이고저할째,
풀입사귀도함씌깃버우스며한들그리고잇다.」


어머니는이러케말삼하시고, 다시나의얼골을들여다보실째, 나는
「그러면우리도저것들과갓치……」하면서,
어머니의가삼을안고, 조고마한키쓰를올녓슴니다.

(≪金星≫ 제3호, 1925.5)


# 옵바, 인제는그만도라오세요

孫晉泰


옵바, 당신의계시는나라는엇던곳임닛가?
녯이약이에잇는「고초나라」가거긔임닛가──
고초만큼한쇠맹이들이붉은옷을입고도라단이는?
만일그러면, 저도한번놀너가고십흠니다만!


안이겟슴니다, 어머니의말삼을들어보닛가,
그나라사람들은모다검은옷을입는다고요?
그러면, 거긔가아마할머니의말삼하시든「어득나라」이겟슴니다


몸에는짐생갓치싯컴한털난사람들이사는,
그리고, 우리나라의해와달을도적해가고저하는,
모질고미운, 불개들이만히사는그나라이겟슴니다그려.

1. 동요 · 동시(1908~1925)   161

옵바, 그리고, 그나라는매우치운곳이라지요?
그러면그곳사람들은모다짐생의가죽을입엇겟지오,
──그림책에잇는그것들과갓치, 쏘짐생들을잡아먹겟지오,
옵바, 왜그러케무서운나라로가섯슴닛가!

인제는거긔잇지말고집으로돌아오세요,
나는어머니무릅에누엇슬째마다
아모무서움도걱정도업슴니다만,
다맛, 옵바생각싸닭에눈물이흘너나림니다!

옵바, 인제는그만집으로돌아오세요,
그래서, 나하고함씌옛날과갓치
압산에올나꼿도썩고, 바다에나가조개도캡시다.
도랑이잇거든안고건너며, 내가괴로울째에는입도맛초아주시오,
옵바, 정말인제는 그만도라오세요,
옵바업시는아모래도못살것갓슴니다. ──옵바──

(一九二四,二,東京서)

(≪金星≫ 제3호, 1925.5)

童謠

# 눈

趙光杰

눈가운데 조고만
       연못이잇고
믓가운데 조고만
       섬이잇서요

섬가운데 조고만
                집이잇고요
집속에서 어엽분
                어린아해가
쌩긋웃고 오늘도
                내다봅니다

(≪어린이≫ 제3권 제6호, 1925.6)

童謠
## 金붕어

정열모

금붕어 논다
알녹이 달녹이
쇠리쳐 논다

너불개 너불개
아감이 벌늠
어대서 쫏겻나?

올넛다 나렷다
밧븜도 할사
가엽슨 일도!

저리로 굼틀
큰붕어 되고

1. 동요 · 동시(1908~1925)　163

이리로 굼틀
작은놈 논다


알녹이 둥々
달녹이 뱅々
밤에나 나제나
소리쳐 논다.

(≪新少年≫ 제3권 제7호, 1925.7)


## 쇠소리

尹克榮


一 쇠 쇠 쏠 쇠 쏠 이 귀연쇠쏠이
　　버드나무 그 늘 에 가만이안저
　　오고가는 사 람 을 기웃거리며
　　나 무 닙 한들한들 흔드림니다

二 쇠 쇠 쏠 쇠 쏠 이 노랑쇠쏠이
　　초록봉토 가 만 이 써러트리고
　　가지가지 쒸여너머 짓거리면서
　　지나가는 사람에게 눈짓함니다

三 노 르 게 쏘노르게 쑴인쇠쏠이
　　앵도앵도 선 물 을 고혼선물을
　　한개두개 색 실 에 쇠여왓스니

고 마 운 노랑새야 물고가거라

(≪어린이≫ 제3권 제7호, 1925.7)

童謠
## 여름을!

정열모

山으로
　　갈가
바다로
　　갈가
알들한
　　여름
어대서
　　살가
山에도
　　山맛
바다에
　　배맛
더워도
　　제맛
거긔서
　　볼걸


山에서
　　쑤달

바다도
　　半달
이여름
　　한달
이렁성
　　살세

(≪新少年≫ 제3권 제8호, 1925.8)

入選童謠

# 봉선화

蔚山 徐德出

넷날의 왕자별을
　　　못니저서요
샛쌁안 치마닙은
　　　고흔색시가
흐터진 봉선화를
　　　고이모아서
올해도 손씃에
　　　물드림니다

(≪어린이≫ 제3권 제9호, 1925.9)

入選童謠

# 별짜러가세

大邱 尹福鎭

별짜러가자 내동무들아
뒷산우으로 별짜러가자
너의집장째 우리집장째
싀골장—째 서—울장째
알쓸살쓸이 모아가지고
뒷산머리에 놉흔나무에
쏫까지올라 선무등타고
이슨쟝째로 별을싸서요
너의어머니 우리어머니
주머니쏫헤 채워드리자

(≪어린이≫ 제3권 제9호, 1925.9)

入選童謠

# 가을아참

安國洞 千正鐵

오늘아츰 창밋헤
　　　　나무닙이요
웅긔종긔 웅구리고
　　　　모여안저서
어제저녁 바람은
　　　　대단햇다고

소근소근 하면서

　　　발발썹데다

(≪어린이≫ 제3권 제9호, 1925.9)

# 七夕

정열모

벼—르학사 나간다

금관쓰고

조복입고

수레타고 나간다

은하건너

안해두고

그리워서 나간다

별—르아씨 나섯다

연지찍고

칠보하고

구름우에 나섯다

은하건너

남편두고

오나보러나섯다

(≪新少年≫ 제3권 제9호, 1925.9)

# 故鄕 생각

韓晶東

靑山浦어구
살구꼿복송아꼿
　　　　피는동리에
오막사리草家한채
故鄕집이그리워요
　　　　참그리워요.


서늘한달밤
욱어진갈밧사이
　　　　창포못가에
어미오리색기오리
머리머리마주대고
　　　　쑴만쑤지요.


차알삭찰싹
찰싹이는물결에
　　　　반쟉이나니
金가룬듯銀가룬듯
오리오리머리들을
　　　　달이빗쳐요.


靑山浦어구
매찰베고개숙은

　　　　黃金벌판에
오막사리草家한채
故鄕집이그리워요
　　　　참그리워요.

(≪어린이≫ 제3권 제10호, 1925.10)

童謠
# 다람쥐

정열모


알록알록 다람쥐
초란이방정조방정
들며날며 웬방정
갸웃갸웃 고개짓
생각생각 하여도
갈은벌서 깁헛다

秋夕秋夕 하더니
벌모레가 한가위
실과타령 타령에
밤대초도 익엇고
곡가곡가 하여서
신나무도 붉엇다

대롱대롱 다람쥐
오도방정 네방정

도톨도톨 도톨밤
쓰나써나 네분복
이제미리 줏어야
집흔겨울 잘살지

(≪新少年≫ 제3권 제10호, 1925.10)

時調
# 가을

李秉岐

가을빗 구경하러
　산에갈가 들에갈가
산과들이 다조흐니
　산도가고 들도가자
검정개 너도날쌀어
　아니가려 하느냐
　　×　　×　　×

나는 막대를들고
　누나는 바구니들고
풋밤일낭 싸바르고
　알밤일낭 주어담어
혼자서 못들낭이면
　둘이마주 들고옵세
　　×　　×　　×

고추대추 불긋불긋
　콩과팟은 불룩불룩

벼와수々 목이숙고
게는나려 어데가노
참새는 쎄를지어서
이러저리 날더라
　　―슷―

(≪新少年≫ 제3권 제10호, 1925.10)


# 가을의 리별

無記名


나무닙『안령히계십시요 저는가겟습니다』

나　무『발서 작별하게되엿습닛가 섭섭합니다그려 아즉일르니
　　　　점더잇다 가십시요그려』

나무닙『아즉이무엇임닛가 벌서 내몸이 다 말른걸이요 기럭이
　　　　도 다지나가고 니웃나무동무들도 다―가지안엇습닛가』

나　무『그래도 넘어 섭섭합니다그려』

나무닙『벌서 눈올째도갓가왓습니다 일즉도라가 쌍속에 잠을
　　　　니루어야 내년봄에 다시 긔여올나 당신의가지에 피여
　　　　나게되지안습닛가 자아 가겟습니다 안령히계십시요』

나　무『……………』눈물만 글성글성.

(≪어린이≫ 제3권 제11호, 1925.11)

# 옵바생각

水原 崔順愛

쯤북 쯤북 쯤북새
      논에서울고
쌕국 쌕국 쌕국새
      숩에서울제
우리업바 말타고
      서울가시며
비단구두 사가지고
      오신다더니

기럭 기럭 기럭이
      北에서오고
귓들 귓들 귓드람이
      슯히울것만
서울가신 옵바는
      소식도업고
나무님만 우수수
      써러짐니다.

(≪어린이≫ 제3권 제11호, 1925.11)

入選童謠

# 쌩아

京城　千正鐵

쓸압헤서 쌩아가
　　　　죽엇슴니다
과―ㅅ 나무밋헤
　　　　죽엇슴니다
갬이들이 장사를
　　　　지내준다고
적은갬이 압뒤서서
　　　　발을맛추고
왕갬이는 뒤에서
　　　　쌀―랑쌀랑
가을볏이 짯듯이
　　　　빗초이난대
쌩아장례 행렬이
　　　　길게감니다.

(≪어린이≫ 제3권 제11호, 1925.11)

入選童謠

# 우톄통

大邱　申孤松

길가에 섊안동이
　　　　웃둑우톄통
六十이 넘어도

맘이어려서
쌁안상투 쌁안바지
쌁안저고리
얼골싸지 쌁앗케
차리고서서
작은편지 큰편지
가리지안코
주는대로 삼키고
웃둑서잇네.

(≪어린이≫ 제3권 제11호, 1925.11)

童謠
# 날대가리 무첨지
鄭烈模

에이그치워 벙거지
건너대접 놋대접


오동々 치운날
밝아숭이 무첨지
날대가리 칩고나


에이그치워 벙거지
건너대접 놋대접
오동々 치운날
포로족々 무첨지

알몸둥이 칩고나

(≪新少年≫ 제3권 제11호, 1925.11)

# 잘 가거라!
# 열다섯살아

無記名

오늘이 금음날
　　　　눈오는밤에
올一年 日記를
　　　　나리넑으니
깃브기도하면서
　　　　셟기도하다
어린나희쏘하나
　　　　업서지는밤
하엿케오는눈도
　　　　말이업고나
아―아잘가거라
　　　　눈길우으로
내평생다시못올
　　　　열다섯살아

(≪어린이≫ 제3권 제12호, 1925.12)

入選童謠

# 나는 가요

元山二普
李貞求

一, 나는가요 나는가요
　　豆滿江물 건너셔요
　　압바언니 만나보려
　　해삼으로 차저가요

二, 가요가요 나는가요
　　압바언니 맛나려고
　　어제밤도 갓다오고
　　오늘밤도 쏘감니다

(≪어린이≫ 제3권 제12호, 1925.12)

童謠

# 가랑닙

鄭烈模

가랑닙 하나
설게도 젓다.

지기는 햇자
갈곳을 알리.

바람이 불건

그리나 갈가.
가다가 山넘어
내가 흐르고

내 건너 벌판
너르기 엇대?

그레두 거긔두
갈곳은 업다.

에라 오르자
무척 오르자

하늘꼿 까지
오르고 보자

거긔서 보자
갈데를 보자

(≪新少年≫ 제3권 제12호, 1925.12)

# 2. 동요 · 동시(1926)

童謠

# 눈

金麗水

가루가루 은가루 눈가루들은
어듸어듸 어듸서 저럿케오나
놉고놉흔 저한울 하울쏙댁이
신선사는 나라서 나려온단다
　　가루가루 은가루 눈가루들은
　　무엇무엇 하려고 나려서오나
　　넓고넓은 이쌍이 검고더러워
　　분발너　보려고 나려온단다
가루가루 은가루 눈가루들은
쌍에나려 엇더케 되어보려나
검은쌍을 덥고서 안저잇다가
봄바람이 불적에 날러간단다

(≪어린이≫ 제4권 제1호, 1926.1)

童謠

# 天使의 노래

秦長燮

아 기 야 우리아기 우지마러라
꼿흔저도 봄이오면 쏘다시핀다네
나븨동모 새―동모 붉은봉오리
쌕리속에 고히고히 자고잇다네
　아 기 야 웃으면서 선물바다라

金 방 울 銀방울이 춤을춘다네
명주갓흔 내나래에 네눈물짓고
구슬갓흔 목소리로 노래불너라
아 기 야 우리아기 설어마러라
기다리든 새 해 가 도라왓다네
자나깨나 내가삼에 고히안겨서
꼿봉오리 픽 도 록 노래부르자

(≪어린이≫ 제4권 제1호, 1926.1)


# 눈오는 새벽

無記名

아기들아 너 의 는 어대가느냐
새 하 연 양초들을 손에다들고
오 늘 도 함박눈이 쏘다지시니
새 벽 의 산골작이 나무다리가
밋그러워 다 니 기 위태할텐데


어 머 님 저 의 는 가겟습니다
새 하 연 이초 에 불을키여서
이 뒷山 골 작 이 깁흔골작에
눈 속 에 썰고잇는 적은새들의
보금자릴 녹여주려 가겟습니다

(≪어린이≫ 제4권 제2호, 1926.2)

童謠

# 달마중

鄭烈模

달마중 갑시다
山으로 갑시다
설쉬고 첫보름
달마중 갑시다

어른도 아해도
쎄져 갑시다
총각도 처녀도
쎄져 갑시다

달이 씁니다
달이 씁니다
바다건너 저쪽에
달이 씁니다

여보소 사람들
절을 하시오
먹은맘 이루어지라고
절을 합시다

(≪新少年≫ 제4권 제2호, 1926.2)

入選童謠

# 눈

宋完淳

눈!눈! 오는눈!
어듸로서 날어오나
다ㄹ님의 분가룬가
해ㅅ님의 소곰인가
눈!눈! 오는눈!
어듸로서 날어오나
날개발도 다업스며
날으기도 잘나른다

(≪新少年≫ 제4권 제2호, 1926.2)

入選童謠

# 종달새

昇應順

종달종달　종달새야
싸치비단 노루새야
어듸가서 자고왓냐
천하방을 지도하셔
과방에서 자고왓다
무슨니불 덥고잣냐
당―마포 퍼댁이에
징애친　솜니불에
원앙금침 잣버개에

덥고쌀고 비고잣다
무슨밤참 해주드냐
식큼식큼　식해에
쫄깃쫄깃　경단에
잉걸불에 산적굽고
북덕불에 차썩굽고
말피갓혼 전간장에
옥씨갓혼 전니밥에
양々대며　먹고왓다
무슨꿈을 꾸엇느냐
압문에는 오리한쌍
뒤문에는 거위한상
싹을맛처 써놀더라
가기실혼 서울길에
타기실혼 상가마에
쏫기실혼 은봉차에
신기실혼 만석화에
호사호사 하고왓다

(≪新少年≫ 제4권 제2호, 1926.2)

# 바람

韓晶東

아닌밤문싸리는
　　　　　그것누구가
집닐흔아해들이
　　　　　집을찻는가
엄마업는아해가
　　　　　엄마찻는가
동무닐흔아해가
　　　　　동무찻는가
갈바몰나헤매는
　　　　　재넘이바람


뒷동산나무숩헤
　　　　　불도안켜고
어머니는흑흑흑
　　　　　늣기여울고
네집근처락엽들
　　　　　모혀안저서
어데든갓치가자
　　　　　기다리누나
갈바몰나헤매는
　　　　　재넘이바람

(≪어린이≫ 제4권 제3호, 1926.3)

童謠

# 버들눈

鄭烈模

봄아씨가 아씨지
새아씨가 아씨랴
아씨 중에 봄아씨
버들개지 낫다네

버들개지 개지지
강아지가 개지랴
개지중에 버들개
눈치레만 하엿네

버들눈이 눈이지
그물눈이 눈이랴
눈중에도 버들눈
봄나라에 썻다네

(≪新少年≫ 제4권 제3호, 1926.3)

童謠

# 개나리

鄭烈模

언니는 저고리
연옥색 저고리
남삿동 물려서

2. 동요 · 동시(1926)　187

곱기도 하오


나입은 저고리
송아색 저고리
개나리 꼿허고
어느게 골가


랄々々 흘독이
청성도 굿소
개나리 노른꼿
웃는듯 할걸


싸쯧한 봄철에
꼿가지 잡고
언니는 우시니
웨봄을 우오

(≪新少年≫ 제4권 제4호, 1926.4)

童話詩
## 幸福의 꼿노래

색동會 鄭寅燮


옛날 어느곳에 아름답고 향긔로운나라가 잇섯습니다. 싸쯧한 해
ㅅ빗치 만물을빗초이나니 산천초목은 새파라케 힘잇게 자라나고
사람들은 고히고히 행복스럽게 살고잇섯습니다.

그나라임금님 꼿밧헤서는 할아버지들이 심어둔 긔이한꼿치 나날
이아침마다 해도들째마다 한송이씩, 송이송이 피어웁니다. 임이핀 꼿
송이는 질줄모르고, 마르지안코 영원히 향긔로웟습니다 향긔로운 꼿
송이가 피어을째는 『행복의꼿노래』가들려웁니다……………

니웃나라에 살고잇는 못된악마가 향긔로운꼿나무를 미워하여서
어엿븐꼿송이를 짜업새려고 한놈이 박쥐되니 또한놈이 그등에타
고 한밤ㅅ중에 성을넘어 들어옵니다. 돌성을넘어 쇠성을넘어 은성
을넘어 금성을넘어 임금님꼿밧헤 들어옵니다.

악마의손꼿치 꼿닙헤대이자 꼿속에서 거룩한 꼿불이 빗초이드
니 악마의손ㅅ가락과 왼몸둥이는 그불에대여서 타죽엇습니다. 박
쥐악마는 급히돌아와 거룩한긔적을 전하엿습니다. 악마들은 의론
하고 결심히기를
　『검은구름이되여서 해ㅅ빗을 감추리라!』
하였습니다————

검고검은 뭉텁구름이 해님을 덥헛슬째에 행복의나라는 섯달금
음밤갓치 쓸ㅅ하고 캄ㅅ하고 치웟습니다. 향긔롭든 꼿송이도 벌ㅅ
썰면서 한송이씩 두송이씩 말러갑니다. 사람들은 슬픈노래 부르고
행복의웃음이 쓰디쓴눈물이되여 이슬갓치 봄ㅅ비갓치 나려웁니다
……………

×　　　×　　　×

엇던밤 여왕님꿈에 학한마리가 나려오드니 아름다운 구실한 개
를 여왕님입속에 너허주엇습니다. 멋달이 못되여 여왕님은 씩ㅅ한

왕자와 어엿븐왕녀를 한거번에 나케되였습니다. 한살두살 먹으니 왕자왕녀는 더욱더욱 씩々 하고 어엿븝니다.

　그러나그러나⋯⋯⋯⋯⋯
　열살이되자마자 왕자왕녀는 슬픈울음울면서 쓴눈물을 쑤덕쑤덕 흘렷습니다. 날마다 밤마다 우는왕자는 눈물이고여서 한쪽눈알이 그만그냥 싸저서 업서젓습니다. 밤마다 달마다우는왕녀도 눈물에 저저서 검은머리가 그만그냥 흐트러져 걸레갓습니다.

　까닭모르는 쓴눈물을 말업는눈물을 까닭알려고 님금과여왕은 왕자왕녀에게
　『왕자여 왕녀여! 너 웨 우느냐? 까닭업시 쓴눈물을 흘리지말라!』
　──왕자왕녀는 슬픈곡조로 한목소리로──
　『아버지 어머니 이게 웬일입닛가? 해님 달님 별님이 안보이네요 해님 달님 별님이 잇다하는데 달님 별님 해님이 잇다하는데 아버지 어머니⋯⋯ 해님 달님 별님이 보고지워요 달님 별님 해님이 그리워서요!』
　가늘고 쌔끗하되 슬픈노래는 왼천지를 지긋지긋 울렷습니다.
×　　　×　　　×

　임금과여왕은 왕자왕녀를 쩌안고 구름악마죄악을 말하엿습니다. 이말을듯고 왕자왕녀는 공중에날아갈듯이 두눈을부릇쓰고 우뢰갓치 소리질럿습니다!

　이째 한울에서 동자동녀가 용마를한마리씩 몰고나려와 한쪽눈 어두운 왕자는 동녀의용마에 태우고 머리흐트러진 왕녀는동자의

용마에태워서 두손에 번쩍이는 큰칼을들고 캄ㅅ한 공중에 쒸여오
르니 두용마는 우뢰갓치 부르지젓습니다.

악마는 어느곳에 숨어잇는지 악마의그물에
※ 페이지 49~52까지 원문누락

(≪新少年≫ 제4권 제4호, 1926.4)

# 할미꼿

韓晶東

할미꼿네할머니
무엇하러왓길내
이럿케도일은봄
해조차저가는대
무연한벌가운데
고개를푹숙이고
무슨생각함닛가


한울곳은멋萬里
벌판싯은멋千里
이럿케도고적한대
누구차저왓길내
할미꼿네할머니
고개를폭숙이고
밤낫업시움닛가

(≪어린이≫ 제4권 제4호, 1926.4)

# 봄! 봄!!

無記名

◇ 종달새

점점 동편한울이밝아젓다.

태양은우션 검푸른한울에 새벽별을싸고잇는 부드러운구름에 맨첫번빗을보냇다. 보리밧 컴컴한고랑에 무언지움죽이고잇다. 종달새양주(夫婦)가 어제밤 거긔서자고잇섯든것이다.

남편종달새가 먼저 놉흔공중에날러올랏다. 안해도 뒤를짜라올라가서 아츰인사를하고 고향에도라온 깃븐인사도하엿다.

종달새는 바로어적게도라온것이엿다. 작년십월에 동모들틈에끼여서 남쪽의 짜쯧한나라에갓섯다가…….

아즉 숩손에서노래를부르는패들은 아모도도라오지안엇다. 쇠쏘리는물론이요 제비도아즉오지안엇다. 종달새만이 먼저온것이다.

이제 종달새는 노래부르면서 공중으로올라갓다. 긔운좃케 빙빙돌면서 점점놉히올나간다. 놉히 놉히 훨신놉히 구름속에까지올라가서보이지안는다. 그러나 그 귀여운노래소리는 분명히들려나려온다.

해가솟는다. 그짜쯧한광선은 덜을빗취면서 봄이온다는것을외치는것갓다. 종달새는 봄의압잡이 전령꾼이다.


◇ 봄

부는바람도 부드러워젓슴니다. 해도점점 길어짐니다. 눈은사라지고 어름도 녹앗슴니다.

풀은새싹을트고 꼿은피기시작햇슴니다. 꿀벌은 그 집에서나와

"

서 꼿을차저다니며 쑬을맨들려고 꼿물을쌤니다.

색긔양은 깃븐듯이 풀밧으로쒸여다님니다. 색씨들은 꼿씨를쑤리고 농부는 과목나무를 각구어주고 밧에는 여러가지씨를쑤림니다.

제비도도라왓슴니다. 새들은 모다 보금자리를새로짓슴니다. 그리고 그것들이 모다 조흔소리로 노래를부르는것을드르면 봄처럼 조흔째는업다고하고십게됨니다. 자— 우리들도 봄을마지러나아가십시다.

　　　　◇ 꼿재배

『자아 봄이다! 꼿씨를쑤려야지……』

이집저집에서 모다 이런말을하면서 봄비에 쌍이눅으러지기를기다리고잇슴니다

비가왓슴니다. 비단실가티고흔비가 한나절와서 집웅도축이고 나무가지도축이고 잔듸도축이고 쌍도축엿슴니다. 기다리든사람들이 모다나서서 비뒤의햇볏을쏘이면서 자긔각각조와하는 꼿씨를심엇슴니다. 뒷집할머니도심으시고 압집색씨도심고 우리집 어머니도, 옵바와함께 마당압헤 심으섯슴니다.

전에업던 자미와 깃븜이 꼿심은사람들에게생겻슴니다. 오늘족곰, 내일족곰 파랏케자라나는 어린싹을보느라고 밧븐일도니저버릴지경임니다.

그 파란싹이 얼마나자라서 엇던꼿이피일는지, 그것을기다리는데에 그들의 깃븜이잇고 그들의희망이잇슴니다.

싸쯧한봄볏이 날마다 그싹을빗추어주고 갓금갓금 봄비가 그싹을축여줌니다.

얼마아니잇서서 그들의사랑하는꼿이 어엽브게피이지겟지요 자긔가심으고 자긔가길러서 자긔가피워논 아름다운꼿의 향내를맛게

될째 그들의 마음이 얼마나깃브고 즐겁겟슴닛가.

우리도 단 한폭이라도 우리의꽂을심으십시다.

(≪어린이≫ 제4권 제4호, 1926.4)

入選童謠

# 고향의 봄

馬山　李元壽


一, 나의살든고향은

　　　　　　꼿피는산골

　　복송아꼿살구꼿

　　　　　　아기진달내

　　울긋붉웃꼿대궐

　　　　　　차리인동리

　　그속에서놀든째가

　　　　　　그립습니다.


二, 꼿동리 새동리

　　　　　　나의녯고향

　　파―란덜남쪽에서

　　　　　　바람이불면

　　냇가의수양버들

　　　　　　춤추는동리

　　그속에서놀든째가

　　　　　　그립습니다.

(≪어린이≫ 제4권 제4호, 1926.4)

入選童謠

# 종달새

大邱 尹福鎭

봄이왓다 봄왓다고
보리밧에 종달새가
은방울을 혼들면서
깃분노래 하닛가요

첨하끗에 새롱속에
엄마업는 색긔새가
보리밧을 내다보며
쓸쓸하게 운담니다

(≪어린이≫ 제4권 제4호, 1926.4)


# 제 비

韓晶東

제비를잡아볼가
　　　　집을허믈가
아니면두엇다가
　　　　색길잡을가
아니아니그것은
　　　　불상하지요


우리집에깃드린

고혼제비는
녀름동안색기를
길러놋코요
가을되면강남으로
건너간대요

다시금봄이되면
색기다리고
고향의우리집을
차자온대니
고히고히길러서
두고봅시다.

(≪어린이≫ 제4권 제5호, 1926.5)

# 갈닙피리

韓晶東

혼자서노를내니
갑갑하여서
갈닙으로피리를
부러보앗소

보이얀한울에는
종달새들이
봄날이조와라고

노래불러요

내가부는피리는
　　　　갈닙의피리
어듸어듸까지나
　　　　들니울까요


어머니가신나라
　　　　멀고먼나라
거긔까지들닌다면
　　　　조흘텐데요

(≪어린이≫ 제4권 제5호, 1926.5)

入選童謠
# 봄
崔京化


1 한울은하얏고
　쌍은파란데
　종달새노래에
　내맘은써서요
　실버드나무로
　그네쒸러가요


2 금실물흘러서
　솟밧을줄클째

쏜얀압마을에
풀피리소리는
쑴수레굴니며
내맘을슬어요

(≪어린이≫ 제4권 제5호, 1926.5)

童謠
## 자라는나라

鄭烈模

곳츤 젓서도
자라는 나라
아뢰는 새소리
듯기만 좃타

그늘도 푸르니
욱어진 풀에
이슬이 맷처도
구슬로 본다

열매가 커가니
바람의 나라
오는비 쏙쏙
기름이 돈다

(≪新少年≫ 제4권 제6호, 1926.6)

# 별

金南柱

별을셉시다 별을세어요
파란하늘여름밤에
흰별을셉시다.


아버님의나히만큼
별을셉시다
어머님의나히만큼
별을셉시다.


맨끗헤세여지는
크다른별은
힘세고도엄하신
아버님얼울이다.


맨끗헤세여지는
반짝이는별은
엡부고도쌩긋웃는
어머님얼울이다.

(≪新少年≫ 제4권 제6호, 1926.6)

# 『영데이』를마즘

鶴園 金泰源

무궁화동산에,
쇼년쇼녀위하야,
애들아!『영데이』가나왓다.
깃버마지하여라,

　서툴너ᄒ지말고
　다정스럽게니러나
　동무야!우리벗『영데이』를맛쟈
　동정하는쓰거운맘으로

우리입을대신ᄒ고
우리속을시원케할이
우리벗—『영데이』이야긋까지
잘싸호고수하여라

올으쟈上峰까지
나가라彼岸까지
『영데이』이야힘다하야달이라
성공의월게관밧기까지

쏫필졔바람불고
조흔일엔악마잇다
그러나,바람과악마가업다ᄒ면

꼿의미,일의조흠을뉘가알랴

(≪영데이≫ 창간호, 1926.6)

童謠
# 일은아츰
철 흔

언늬누나일어나오
동산우헤해가써서
영챵밋헤빗최엿소.

참새작々지저리오
쌜니나와호미들고
숫급캐라가옵시다.

나무썩거집세우고
나물캐여길으고서
각씨부부지어주어.

아달낫코쌀나아서
글과일을가라치며
천년이나살납시다.

—一九—

(≪영데이≫ 창간호, 1926.6)

童謠

# 봄바람

星　園

화챵한봄바람아 솔〻불어라
　아름다운 뭇새들은 봄을노래하누나
　부러라 어서 봄바람아
　　버들나무입사이로솔〻부러라

향긔러운봄바람아 솔〻부러라
　너를 마지려는 나뷔 춤을츄며나른다
　부러라 어서 봄바람아
　　진달내꼿 그사이로 솔〻부러라
　　　　　（ 끗 ）

(≪영데이≫ 창간호, 1926.6)

童謠

# 어린가마귀

星　園

길을이즌 가마귀는 어미차지러,
가아가아　울 면서 헤매다니나,
해는저도 자긔집을 찻지못햇네.

밝은달밤 가마귀는 색기차지려,
가아가아　울 면 서 헤매다니나,

새벽빗치 트기까지 찾지못햇네.

달밝―은 추운밤에 어린가마귀,
불상이도 어미품을 이저바리고,
홀―노히 눈우에서 잠이들엇네.

(≪영데이≫ 창간호, 1926.6)


# 수양버들

韓晶東

못가에수양버들
한가도하다
바람에홍겨워서
흐은작혼작

못가에수양버들
곱기도하다
실실이느러저서
쌔안작쌘작

저편가지난슷에
근네를매고
수양버들과갓치
놀고십어요

(≪어린이≫ 제4권 제6호, 1926.6)


2. 동요 · 동시(1926)　203

# 바닷가에서

大邱 尹福鎭

바닷가에 족고만돌
어엽버서 주어보면
다른돌이 쏘조와서
작고새것 밧굼니다

바닷가의 모래밧헤
한이업는 족고만돌
어엽버서 밧구고도
주서들면 실여저요

바닷가의 모래밧엔
돌맹이도 만―치요
맨―처음 버린돌을
다시찻다 해가저요

(≪어린이≫ 제4권 제6호, 1926.6)


# 길 써난 동무

鄭烈模

동무는 써나고
서운한 밤에
바다는 멀고

싯모를 하늘
별하나 썻스니
안타가워라

(≪新少年≫ 제4권 제7호, 1926.7)

# 녀름비

無記名

녀름에 오는비는
        낫븐비야요
굵다란 은젓가락
        내리던저서
내가맨든 쏫밧을
        허문담니다.

녀름에 오는비는
        엉큼하여요
하―연 비단실을
        슬슬내려서
연못의 금닝어를
        낙군담니다.

(≪어린이≫ 제4권 제7호, 1926.7)

# 각씨님

大邱 尹福鎭

각씨님의 옛집은
파랑유리 창달고요
그창밧게 마당에는
봉선화가 피엿담니다

각씨님은 지금도요
유리눈을 두룩두룩
전에살던 파랑집의
봉선화를 찾는담니다.

(≪어린이≫ 제4권 제7호, 1926.7)



# 백일홍

鄭烈模

우리집  꼿밧
우리집  꼿밧

꼿치야  만치만
꼿치야  만치만

누님은  봉숭아
언니는  다리야

그래도 나만은
백일홍 조와


꼿치야 만치만
백일홍 조와


이름이 조와도
백일홍 만세

(≪新少年≫ 제4권 제8호, 1926.8)

入選童謠(賞)
# 외로운 밤

馬山府午東洞七<br>李元壽

一, 엄마는 잇서도
　　써러져 온몸
　　객지에 여름밤
　　외로워 서라


二, 한울우 별들도
　　동모가 만어
　　저끼리 즐거워
　　눈짓하것만.


三, 동모도 업는
　　외로운 몸이

오날밤 하로를

엇지 지내노

(≪新少年≫ 제4권 제8호, 1926.8)

入選童謠

## 소낙비

元山保光學校
金敬默

바람이쌀々 구름이펄々

번개가번쩍 우뢰가우룽

세상이캄々 소낙비쑥와―

가는이퉁탕 오는이퉁탕

짐군들퉁탕 쌜랫군퉁탕

모도다쒸네 마라송하네

(≪新少年≫ 제4권 제8호, 1926.8)

入選童謠

## 보리밧

元山銘石洞九一
李貞求

보리밧헤 보리밧헤

금파도는 첫것만은

물결은 안뵈고

금둥어리 쒸놉듸다

보리밧헤 보리밧헤

파도치는 보리밧헤
노래는 불넛것만
사공노래 아닙듸다

(≪新少年≫ 제4권 제8호, 1926.8)

入選童謠
# 江邊에서

金川郡葛峴<br>昇應順

一, 銀물결나빗기는 禮成江가에
　　오늘도갈막한雙 나라왓다가
　　낙시대들고섯는 漁夫쎄놀내
　　곳모를별나라로 쫏겨가지요


二, 갈막이나라간뒤 禮成江가엔
　　앗가섯든漁夫도 간곳이업고
　　수양버들가지만 한가도하게
　　바람에흥겨워서 흔작입니다

(≪新少年≫ 제4권 제8호, 1926.8)

少年詩

# 將軍島

麗水公普
鄭安弼

함박섬은將軍島 將軍島함박

麗水灣의물우에 두둥실쓴채

지금에몇千年! 써나지안코

써나갈줄모르고 업퍼져잇다

將軍島는함박섬 함박將軍島

넷날장수물깃던 크나큰함박

突山섬에막혀서 못써나가고

드나드는湖水에 썻다잠겻다

지금에몇千年! 써나지안코

드나드는湖水에 썻다잠겻다

(≪新少年≫ 제4권 제8호, 1926.8)

入選少年詩

# 종달새와 호접

釋王寺驛前芹外
趙崗雲

보―야케도 개안개씨은

아침새하날 그윽한막에

자유룹게도 쾌활스러히

사랑의노래 혼자부르난

종달의몸은 한이업게도

나는요나는 부렵소의다
        ×            ×
두세가지의 꼿가지새로
가즌원한과 가즌수심을
왼—몸에다 가득안고서
싹을찿기에 몹시헤매난
호접의몸은 한이업게도
나는요나는 애달소외다

(≪新少年≫ 제4권 제8호, 1926.8)

入選少年詩

# 이슬비

京城崇二洞一八七<br>金伯仁

날마다날마다 오는비
가늘고가는 이슬비
은실갓흔 가는비
손도발도 업는대
큰나무, 적은풀을
날마다날마다 씻처줍니다

(≪新少年≫ 제4권 제8호, 1926.8)

入選少年詩

# 별하나

元山府銘石九一
李貞求


쓸〻히개인하날에
저혼자빗내는
은방울가튼별하나
죽은내동생에눈과갓기에
동생아하고소리를첫스나
말쏭말쏭한그눈동자는
그럿타고대답도업시
가만히나를나려다볼쑨입니다

(≪新少年≫ 제4권 제8호, 1926.8)


入選少年詩

# 점은날의감회

韓点福


一, 광풍에나붓기여
　　방향업시헤매니
　　거뉘라나를차저
　　길일너줄쏘
二, 저마다가는길이
　　가기조타말마우
　　캄〻한지옥길이
　　거기랍니다

三, 저리로적은문이
　　하나잇서열니여
　　째지나닷기전에
　　어서오라오
四, 그속에고흔동산
　　고요하게쑤미고
　　우리를고대하는
　　동무잇다오
五, 아모나갑시다
　　나와함씌갑시다
　　싸쯧한그사랑에
　　영々살쎄나

(≪新少年≫ 제4권 제8호, 1926.8)

# 산ㅅ길

잔 물

『여긔가 어데가는 산길입닛가』
『어머니 머리우의 가루맘니다』

『잠간만 이리로 가게하세요』
『일업는 사람은 못보냄니다』

『각씨태운 마차를 썰고가게요』
『어데서 어데까지 갈터임닛가』

『눈섭에서 쪽위까지 갈터임니다』


『얼른가쇼 속히가쇼 넌즛이가쇼
가기는 가지만은 오진못해요
어머니의 낫잠이 깨시닛가요』

(≪어린이≫ 제4권 제8호, 1926.9)


## 秋夕

韓晶東


八月에도 열나흘밤엔
썩을치건만
압냇가에 삿갓쓴이
낙시찹듸다.


프른갈밧 쌔한갈품
느러진아래
해오래비한발것고
잠을잠듸다.


저건너편 산기슭에
희미한등불
내어머니 게신무덤
직히는 등불.

쫠—쫠쫠 들귓드리
외마듸우름
마른풀곳이슬에도
달이찻다고

해마다 추석에는
달이밝지만
넷어머니 뵈올날은
왜안오나요

(≪어린이≫ 제4권 제9호, 1926.10)

入選童謠
# 가을밤

馬山 李元壽

달밝은밤귓드람이
　　　　쓸쓸한소리
겨을온다눈온다
　　　　처량한소리
마른닙이바수수
　　　　써러집니다.
『여보시요버레님
　　　　울지마러요』
마른닙달내면서
　　　　한숨질째에
파란달도감안히

눈물집니다.

(≪어린이≫ 제4권 제9호, 1926.10)

童謠
# 단풍

鄭烈模

山마다 곱게요
곳츠로 밧더니
나무닙히 물들어
비단을 쌋서요

신나무 밝아케
옷나무 노라케
애솔은 파라케
고물고물이 곱아요

저비단 곤비단
뉘손으로 낫슬가
갈메ㅅ댁어믄솜씨로
서리서리 낫서요

(≪新少年≫ 제4권 제10호, 1926.10)

入選童謠

# 夕陽

金川公普
昇應順

西山에햇님은 가기가실허서
애달분눈물을 쌀―금쌀―금
東嶺에달님은 오기가깃버서
둥구신얼골로 벙―글벙―글
별아기쩟―다 하나둘쩟―다
여기도저기도 쏘하나쩟―다

(≪新少年≫ 제4권 제10호, 1926.10)


# 금모래

盧元淑

금모래에 졸든바람
버들닙헤 피리불고
은실비는 오둑오둑
련닙우에 수놋는다.

거품타고 졸든물새
구슬주러 간다는데
거북등에 룡궁애기
진주짜기 이젓는가

(≪별나라≫ 제6권 제11호, 1926.11)

# 꼿별

少女星

별은별은 금은꼿

달은달은 꼿장수

하날꼿을 썩거다

싸우에다 피우고

아참마다 보면은

한송이도 업다네

　　樂浪童謠集속에서

(《별나라》 제6권 제11호, 1926.11)


# 크기내기

韓晶東

甲, 白頭山을벼개하고

　　드러누어서

　　손으로는黃海바다

　　고기를잡고

　　발노서는漢拏山범

　　죄다잡앗네


乙, 東海바다가득찬물

　　죄다마시고

　　홀싹홀싹쮜는고래

　　　잡아던지니
　　　히마라야고개넘어
　　　地中海가데

丙, 날개를한번떨쳐
　　　空中에둥々
　　　사람사는地球덩이
　　　잡아삼겨도
　　　먹엇는지마럿는지
　　　거칫도안테

丁, 범을잡고고래잡던
　　　조곰한사람
　　　地球덩이통채먹든
　　　조곰큰사람
　　　손톱으로튀켜나니
　　　뵈지도안테

(≪별나라≫ 제6권 제11호, 1926.11)

入選童謠

# 수양버들

대구 강윤택

맑은물이하늘하늘
흐르는 냇가에
수양버들 홈자서
머리감다가

건너언덕 중대가리
소나무보고
머리싹근 그맵시가
엇지우순지
푼머리도 빗지안코
웃기만하네

(≪별나라≫ 제6권 제11호, 1926.11)

入選童謠

## 별학교

元山 李貞求

구슬가치 적은별님
당신선생 달이지요
그런데왜 오날밤엔
나오지를 안슴니가
오―오― 선생님이
안이오신 모양일군

(≪별나라≫ 제6권 제11호, 1926.11)

## 전등

鄭烈模

먼뎃불은
별이던가
갓가운불은

달이던가

우리집 외(外)등은
둥글둥글 수박덩이
남잔쪽 줄불은
가물가물 쎄별이낫네
바람은 차고
밤은  깁허도
서울의던등은
잘줄몰으네

(≪新少年≫ 제4권 제11호, 1926.11)

童謠
# 넘어가는해
지 용

불 싸막이.
불 싸막이.

들녁 집웅
파  먹어려

내려 왓다
쫏겨 갓나.

서쪽 서산

불야 불야

(≪新少年≫ 제4권 제11호, 1926.11)

童謠
# 겨울ㅅ밤

지 용

동네ㅅ 집에
강아지 는
주석   방울

칠성산 에
열흘   달은
백통   방울

갸웃   갸웃
고양이 는
무엇   찻나

(≪新少年≫ 제4권 제11호, 1926.11)

入選少年詩
# 몬저간兄님

咸興 毛麒允

옛적兄님의사랑은달엇댓습니다
사랑을주고도더주랴는
兄님의생각은아름다윗습니다

뮌님!뮌님!
웨지금도그럿케사랑치안허요
그리고어대로갓서요
나는홀로형님이그리워요
심심하면생각나는뮌님
나는눈물흘리기을마지안습니다

(≪新少年≫ 제4권 제11호, 1926.11)

入選少年詩

## 송애

玄風公普校
曹活湧

아!송애야
너의목숨엇지그리허무하냐
무엇이잇을가하고
쏘리를살랑살랑하면서단이다가
그물에걸닐줄이야
아!뉘가알엇스랴
어제는넓은늡헤 自由로운몸으로
아버지어머니함쎄모여
자미나게이야기도햇것만
오날々사람의손에검쥐여
아!!창자싸일줄이야
그뉘가알엇스랴

(≪新少年≫ 제4권 제11호, 1926.11)

童謠

# 산에서온새

지 용

새삼나무 싹이 튼 담우에
산에서 온 새가 울음운다.


산엣 새는 파랑치마 입고.
산엣 새는 빨강모자 쓰고.


눈에 아른아른 보고 지고
발 벗고 간 누의 보고지고.


따순 봄날 이른 아츰 부터
산에서 온 새가 울음운다.

(≪어린이≫ 제4권 제10호, 1926.11)


# 쪼각빗

大邱南城町등 대社

길가에 써러진 쪼각빗하나
어느색시머리에 꼿첫든걸가
길가는사람이 발로찰째에
녯날임자색씨가 그리웁겟지


비나리고 바람부는 구진날에는

색시의 경대가 그리웁겟지
집을닐코 이리저리 헤매다니는
쪼각빗의 신세는 가여웁고나

(≪어린이≫ 제4권 제10호, 1926.11)

童詩
# 가을쑴

한정동

山넘고바다건너
멀고먼나라
밤마다가다마는
그린쑴나라.

山길에落葉동무
서리차다고
바슬바슬울어서
쑴은째지고

바다엔물결동무
바람칩다고
찰삭찰삭울어서
쑴은쌤니다.

(≪어린이≫ 제4권 송년호, 1926.12)

# 廢學

한정동

푸른풀베면요
손에옴나니
새파란향내
색기를쏘면요
손에남나니
새밝안상처

그리고언제나
눈에뵈나니
서당글동무

(≪어린이≫ 제4권 송년호, 1926.12)

# 3. 동요·동시(1927)

童謠

# 톡기

韓晶東

달나라톡기님은
　　　　추어뵙니다
서리찬계수나무
　　　　눈마즌아레
밤마다쉬지안코
　　　　언제나홀로
약씻는손가락에
　　　　어름박일나


가리속톡기님은
　　　　더워뵙니다
폭신폭신흰솜을
　　　　몸에진이고
양지에해바라기
　　　　언제나혼자
바룩이는귀에도
　　　　조름이가득

(≪어린이≫ 제5권 제1호, 1927.1)

入選童謠

# 시골길

京城 千正鐵

외줄기 좁다란
　　　시골길은요
겨을날에고요히
　　　잠을잠니다.
가도가도씃업는
　　　시골길은요
오고가는사람업서
　　　잠을잠니다.

(≪어린이≫ 제5권 제1호, 1927.1)

入選童謠

# 달팽이

江東 金長連

달―달달팽이
　　　집이조타고
두눈을갸웃갸웃
　　　자랑하면서
달―달말어서는
　　　집에들고요
달―달풀어서는
　　　쏘나옴니다.
달―달 달팽이

집이엽버서
이리갸웃저리갸웃
　　　　업고다니며
달−달말어서는
　　　　집에들고요
달−달풀어서는
　　　　쏘나옴니다.

(≪어린이≫ 제5권 제1호, 1927.1)

入選童謠

## 無名草

동대社 百合花

千년이됏는지
萬년이됏는지
다허러저가는
늙은집집웅에
한폭이풀낫네
간엷흔풀낫네

千년이되여도
萬년이되여도
풀일홈몰라서
아모도몰라서
지금도사람이
無名草란다네

(≪어린이≫ 제5권 제1호, 1927.1)

入選童謠

# 송사리

東幕 任東爀

풀밧속 실개천에
        송사리쎄들
작은물결싸라서
        이리저라로
모엿다간헤지는
        송사리쎄들
내일낫도모여와서
        다시놀어라.

(≪어린이≫ 제5권 제1호, 1927.1)


# 가을

水原 崔順愛

댑싸리나무
한아름
고염나무
한포기
쓸압헤서
조으는
암닭한마리
우리집마당은
고요함니다.

서리마저
시드른
풋고초하나
햇볏보고
다시사는
호박순아기
우리집가을은
고요함니다.

(≪어린이≫ 제5권 제1호, 1927.1)



## 저녁한울

兵營　黃德出

불이야―
불이야―
서쪽한울에
불낫네
항님의집인가
달님의집인가
까치쎄불병정
날러가누나.

(≪어린이≫ 제5권 제1호, 1927.1)

入選童謠

# 방게

元山 李東鎬

냇물에방게가
달보고웃는다.
물속에빗초인
달보고웃는다.

(≪어린이≫ 제5권 제1호, 1927.1)

入選童謠

# 섯달금음밤

馬山 李元壽

오늘밤섯달금음
　　　　쓸쓸한밤에
사랑하는누나가
　　　　게섯드라면
잠안자고 조흔얘기
　　　　들려주련만
밧게는 저러케도
　　　　눈이오는데
작년이밤 누나얘기
　　　　생각을하면
싸히는 눈소리마다
　　　　눈물남니다.

(≪어린이≫ 제5권 제1호, 1927.1)

# 해ㅅ까치

도 령

까치가
　　지저요
까치가
　　지저


우리집
　　쏭낭게
까치가
　　지저


새해요
　　첫날에
까치가
　　지저


갓나는
　　빗속에
까치가
　　지저!

(≪新少年≫ 제5권 제1호, 1927.1)

# 동무여!

無記名

동무여 길가는 동무

고달픈 어제는 지나갓나니

새벽의 첫발을 어서내노라

모퉁이 모퉁이

감도는 길은

가고가아도 끗치업스나

쑤준히 나감이 우리일이니

쑴가튼 옛날을 그리어 무엇

아득한 압길을 겁하여 무삼

동무여 동무 길가는무리

한걸음 한걸음 발바나가리

빗나는 태양이 압길을 밝힐째!

(≪新少年≫ 제5권 제1호, 1927.1)


童謠(賞)

# 그몹슬비바람

龍井村一區三統十七
黃文善

우리집의꼿밧

어엿브든꼿밧

밤동안비바람

그몹슬비바람

어엿브든꼿밧

다문허트럿네
썩거진봉선화
누나가심은꼿
너머진백일홍
요내가심은꼿
오늘에누나는
울음을울고
오늘은내눈에
눈물이그렁

(≪新少年≫ 제5권 제1호, 1927.1)

童謠 (賞)

# 八月明節

永川新村面慈川<br>鄭箕復


一, 나는깁버 나는조테
　　八月明節 나는조테
　　옥양목을 적삼하고
　　찜은라단 치마해서
　　입고놀기 나는조테
二, 나는깁버 나는조테
　　반들반들 머리빗고
　　공단댕기 싯만물너
　　동모들과 놀기조테
　　쒸고놀기 나는조테
三, 나는깃버 나는조테

3. 동요 · 동시(1927)　237

쌜간각쒸 허레매고

이웃집에 순회하기

나는조테 八月明節

놀기조테 八月明節

四, 하얀다비 돈쏭구두

맵숩잇게 발에신고

보름달을 구경하며

달노래를 부르면서

어하칭ゝ 놀기조테

(≪新少年≫ 제5권 제1호, 1927.1)


童謠(賞)

## 호박

大邱南山町五〇三
張文星


넝쿨에호박나무 큰호박적은호박

큰호박은노랭이심술쟁이형님호박


넝쿨에호박나무 큰호박적은호박

적은호박파랭이 망냉이내호박


노랭이파랭이 둥글둥글호박둘

아침부터저녁까지둥글둥글호박둘

(≪新少年≫ 제5권 제1호, 1927.1)

童謠

# 버러지노리터

大同郡
金炳喆

우리쓸 꼿밧은요
버러지 노리터라우
해님만 번듯쓰면
나븨벌 몰녀와서
벌들은 피리불고
나븨는 짠스하니
그 엽헤 국화앗씨
조화서 방긋방긋

(≪新少年≫ 제5권 제1호, 1927.1)

童謠

# 귓드람이

□南□
朴英植

쌀々한 가을바람
쓸압흘 스처가면
애달븐 귓드람이
소리처 운담니다

고웁고 밝은달님
다정이 빗쳐주면

엄마가 그리워서
구슬피 운담니다

(≪新少年≫ 제5권 제1호, 1927.1)

童謠
# 어린제비

馬山公普<br>姜順道

찬바람 슬々 불고 날은져믄데
엄마압바 다―일은 어린제비가
머―나면 강남쌍을 가는길몰나
씨지씨지 구슬프게 부르지々네
불상한 어린제비 이리오너라
차운겨울 한―동안 내랑지내자
그래도 옛고향이 그리웁다고
씨지씨지 불으면서 갈길만찻네

(≪新少年≫ 제5권 제1호, 1927.1)

童謠
# 鳳仙花

光州大村公普<br>車抱物

쏫중에도 봉선화
숭얼숭얼 봉선화
우리쏫밧 한쪽에
두어나무 봉선화

크다라케 자라나
붉은 꽃송이
하얀 꽃송이
숭얼숭얼 피엿네

(≪新少年≫ 제5권 제1호, 1927.1)

童謠

# 가을밤

永川道南洞<br>安秉瑞

버레우는 가을밤 깃허가면은
서울간 언니가 그리워지고
먼싀골 누님도 생각납니다
새양쥐 한마리 싸지직해도
마음이 조렷해 못견됨니다

(≪新少年≫ 제5권 제1호, 1927.1)

童謠

# 人形

往十里旺新學院<br>虛敬俊

놀면잠을자고
안으면일어나요
어린동생敬順이는
안엇다가뉘엇다가

볼도대고입맛추며
고개짓을갸웃갸웃

(≪新少年≫ 제5권 제1호, 1927.1)

童謠
# 벼

固城公普<br>金炯斗

압뒷들 논밧헤
아버지 심은벼
어언간 자라나
누릇케 피여나
금빗을 씌고서
바람에 불리어
넝실々 춤추네

(≪新少年≫ 제5권 제1호, 1927.1)

童謠
# 농촌동모들아

開城 柳海鮮

동모들아동모들아
우리농조동모들아
우리부모조상님네
네들부터하신말삼
우리조선삼철리가

금수강산이라햇네
오곡백곡심어먹고
우마게돈길너먹네
학교에서돌아오면
부모님네조력하고
밤늣도록공부하며
아침일즉일어나서
김풀뫄서퇴비하야
뽕나무에지름하고
개량게돈사랑하야
산업발전힘을쓰세
부모선생우리위해
피쌈짜며애를쓰니
우리조선잘되기는
농촌동모책임일세

(≪新少年≫ 제5권 제1호, 1927.1)

童謠
# 거울

大同郡長水院<br>李泳柱


거울거울 맑은거울
너의마음 正直코나
허연낫츤 희게뵈고
검은낫츤 검게뵈고
우는사람 슬피맛고

웃는사람 깃비맛네
新少年의 독자들아
거울갓치 正直하자
거울빗과 한가지로
언제든지 나아가자
그리하고 그빗흐로
모든萬民 빗쳐주자

(≪新少年≫ 제5권 제1호, 1927.1)

童謠
# 반듸ㅅ불

玄風少年會<br>金台煥

햇님이 西山을 넘어서갈째
숩속에 숨엇든 반딧불들은
어두어서 나는길이 안보인다고
뒤에다 조고마는불을달고서
날넛다 안젓다 하고잇서요
달이밝아 등불이 필요업서도
달밝은줄 모르는 반딧불들은
하날에서 반작이는 별과갓치
반작반작 빗나는불 뒤에가지고
쯔겁지도 아니한지 날고잇서요

(≪新少年≫ 제5권 제1호, 1927.1)

童謠

# 노랑이꼿

奉川 勿忘草

물건너담우에서 불꼿치아린아린
골마리죽혀든채 불차저갓지
아모도업는담우에 노랑이꼿.
물건너밧둑에서 불꼿치아린아린
신버슨채 불차저갓지
아모도업는밧둑에 노랑이꼿
모래ㅅ불노코
하나님과불쏘이는 노랑이꼿.

(≪新少年≫ 제5권 제1호, 1927.1)

童謠

# 벌레의음악

通川公普
趙鳳俊

숩속에서살아가는 벌레나라는
추석명절저녁에 음악한대요
음악구경오신손님 갓득찻는데
그중에도하늘서온 보름달님은
수십만명별군사를 거느리고서
수만리밧게서 오셧답니다
음악선수귓드람이 단장차리고
파랑새타는곡조로 음악할적에

구경하든손님의 손벽소리가
슬々부는西風에 불려웁니다

(≪新少年≫ 제5권 제1호, 1927.1)

少年詩

# 들국화

東萊校洞
姜仲圭


개울건너 저편에 적은언덕엔
보기에도 어엽분 꼿치한송이
목고개를 숙이고 무엇생각나
그것은 새로핀 들국화지요


개울건너 언덕에 적은저꼿아
봄과여름 조흔철 어대갓다가
서리찬 이가을에 혼자피엿나
그―것은 외로운 들국화지요


어엽분 적은꼿은 나는못이져
캐여다 우리집에 심어놧드니
조와서 생긋생긋 웃고잇누나
그것은 샛처운 들국화지요

(≪新少年≫ 제5권 제1호, 1927.1)

少年詩

# 夕陽

康津郡東面錦江
吳仁錫


다맛 보이나니푸른들
그곳을쉬여흐르는
한적은내가잇다
풀을먹는황소의半面에
곳넘어가려는저녁볏이
붉게빗취고잇다.

(≪新少年≫ 제5권 제1호, 1927.1)


少年詩

# 저녁길

馬山午東洞
李元壽


갈길은멀고 헤조차지고
어두운한울에 히미한별멧개
쓰기는햇서도 어두운길을
언제나갈가? 언제나다갈가?
저편山넘어 우리집에를……
자주빗한울만 식어가는대.

(≪新少年≫ 제5권 제1호, 1927.1)

少年詩

# 별과반듸불

京城 池壽龍

하날에선 별들이 바안짝반짝
짱에서선 반듸불 바안짝반짝
서로서로 치보며 나려다보며
눈짓눈짓 하면서 이야기해요.
밤만되면 날마다 보기는해도
갓치맛나 재밋게 놀지못하고
낫이되면 보지도 못하닛가요
멧번이나 울기도 하얏답니다.

(≪新少年≫ 제5권 제1호, 1927.1)


少年詩

# 가을은왓도다

固城 金在洪

구름희고 물맑으니
澹泊의가을은왓도다
한울에도 바다우에도
丹楓닙붉어지고
벼이삭누르오니
凋落의가을은왓도다
山숩에도 들판에도
생각이깃프오고
슬흠이만아지니

哀傷의가을은왓도다

나그네의꿈속에도

詩人의노래에도

(≪新少年≫ 제5권 제1호, 1927.1)

少年詩

## 矗石樓

□山郡東面
尹性道


太陽은임의빗을감추고

회色의막이大地를휩싸는

가여운黃昏에

더듬더듬市街를통과하여,

촉석누우흐로올나가

힘업시란간에의지해슬째

맛참두럿하고번듯한달님

동嶺에붉웃숫아올은다?

아!나는참으로두러워

그만그를가상에턱─바다안젓다

西北으로부러오는산들바람

悲哀에싸인나에게는

더욱쓸々하게부듯친다!

數百尺딱가진絶壁아래

푸른물결둘너잇다

하늘잠기고달쌘싹이는물결

아!그륵한물결南江의물결

알수업는녯날부터
무엇을말하며무엇을생각하나?

(《新少年》 제5권 제1호, 1927.1)

少年詩
# 새벽에叢石

通川 金演琇

새벽에叢石은요
갈맥이는조와라고
춤추고노래해요
바람을날인단풍은
새ㅅ파란허공중천에
철안인붉은숫을
피여주어요

(《新少年》 제5권 제1호, 1927.1)

少年詩
# 朝鮮의天才여?나오너라
### ―「功든塔」을읽고―

大田郡鎭岑

宋完淳

朝鮮의天才여!어서나오너라
구슬픈 그―生活속에서
녯날의『나포레온』과갓치 勇猛스럽게
나오너라 朝鮮의天才여―

          ×        ×

朝鮮의天才여!물결갓치나오너라
不祥한白衣族은 너의를기다린다
그런데너이들은 엇지쑴만꾸고잇느냐
오! 어서나오너라 朝鮮의天才여—

          ×        ×

朝鮮의天才여!어서쌜니나오너라
주린者는 울기만하고…………
불은者는 느태만하고 질알을하니
이를엇지할가 朝鮮의天才여—

          ×        ×

朝鮮의天才여!지새는새벽에 쑴만꾸지말고
어서와서 주린者를도으라
주린者배곱하서 슬피부르짓는다
이를엇저노 朝鮮의天才여—

          ×        ×

朝鮮의天才여 쌜니나오너라
배불니먹을생각은말고
배곱흐게먹고 苦痛으로지낼生覺을미리하며
神啓갓치나오너라 朝鮮의天才여

          ×        ×

오!어서나오너라 물ㅅ결갓치나오너라
모—든것을 새로맨들고 차저내서
『프로』의주린者를 배불니걱정업시잘살게하여라
주린 朝鮮의天才여—

          ×        ×

오!朝鮮의天才여『功든塔이문어지랴』를알거든

『쑬즈와』의 질알을禁하고

서로난화먹고 갓치난화배호게힘써라

朝鮮의天才여!웨잠말자느뇨!…

　　　　　×　　×

오!朝鮮의天才여!어서밧비나오너라

그래너이들의 그—힘으로

왼世上을한번 움직여보아라……

조선의天才여!물결갓치 나오너라

(≪新少年≫ 제5권 제1호, 1927.1)


少年詩

# 가을밤비

玄風少年會<br>文祥祐


一, 비도가을비

　　부질업시오누나

　　가을달밝것만

　　비오니못보겟고

　　　　×　　×

二, 고요한가을밤도

　　별기소리간곳업시

　　비소리만이

　　쑤덕일쑨이로다!

(≪新少年≫ 제5권 제1호, 1927.1)

少年詩

# 못가에서

利原公普
楊貞奕

싸리야꼿그림자 춤추는
련못 가엔
분홍빗 저녁놀이
자취업시 사라지고
水晶빗 고흔달이
못가에 빗최니
어엽븐 싸리야꼿그림자는
물밋해잠겻서라

(《新少年》 제5권 제1호, 1927.1)

少年詩

# 손님

靈光郡白岫面
금잔듸

날저문언덕우에
삽사리내다러
콩々짓기에
맑은하늘처다보며
날카롭게짓기에
어느손님오는가고
쒸염질처나가니

엽혜서누구가
바스락소리내며하는말
심술구즌가을손이
푸른하늘우에서
바람타고온다고……

(≪新少年≫ 제5권 제1호, 1927.1)

少年詩

# 코쓰모쓰

金川公普<br>昇應順

가여운少女와갓흔코쓰모쓰
네가부는바람에짠스하며
깃분얼골노나를마지면
나도깃붐과사랑을못이기노라

서리오고바람차든가을날아침
네가눈물에저진얼골을들고
하소연하듯이나를바라볼째에
아々나도쓰라린눈몰을흘넛노라

(≪新少年≫ 제5권 제1호, 1927.1)

作曲童謠

# 옥토끼

尹克榮

먼山에옥토끼 흰눈에싸여서
지나간봄철을 쑴쑤고잇고나
먼山에옥토끼 눈벼개비고서
춥지도안은지 잠자고잇고나

키다란소나문 山병풍둘느고
바람을안고서 춤추고잇는데
옥도끼금도끼 엇다다버리고
토끼만쑴쑨다 달나라쑴쑨다

바위틈은샘물 남몰내숨어서
갈지자거름에 늬나나나나나
재밋는풍유가 한울에찻것만
토끼는몰느고 코골고잇고나

(≪어린이≫ 제5권 제2호, 1927.2)


# 江村의봄

한명동

아즈랑아즈랑
아즈랑이타는동리
갯가의동리

거긔서는 기럭이도
날굿합듸다


언덕에는
날근옷을버서바리고
새엄들이쌔고하고


눈을썻는데
강변에는
새파란갈순들이
샢족샢족나옵듸다


넷주인뵈옵시다
인사하듯이
갓온제비물을채는데
차는물을살살것어주나니
春風입듸다

(≪어린이≫ 제5권 제3호, 1927.3)


童謠
# 달

光州大村公普<br>金吉洙


밝은달 썻네
밝은달 썻네
저山에 썻네

모양도 존달
山우에 썻네
쟁반달 갓튼
밝은달 썻네

(≪新少年≫ 제5권 제3호, 1927.3)

童謠
# 바다

松化公普<br>河圖允

바다는바다는
  몹시넓어요
적은배큰배
  모다태우고
둥―실둥―실
  춤만춰요
바다는바다는
  어머님갓해
고기를모도다
  가슴에품고
벙―글벙―글

(≪新少年≫ 제5권 제3호, 1927.3)

# 종달새

지 용

삼동 내— 어럿다 나온 나 를
종달새 지리 지리 지리리……………

웨저리 놀녀 대누.

어머니 업시 자라난 나 를
종달새 지리 지리 지리리……………

웨저리 놀녀 대누.

해바른 봄날 한종일 두고
모래톱 에서 나홀로 놀자.

(≪新少年≫ 제5권 제3호, 1927.3)

童謠
# 봄날의 선물

金南柱

할믜꼿짜가지고
화관이하낫
눈님아시집갈쌔
쓰고가세요

버들ㅅ가지썩거서
피리가두개
형님아장원해서
잡희고오세요

(≪新少年≫ 제5권 제3호, 1927.3)

童謠
# 산소
지 용

서낭산 골 시오리 뒤로두고

어린 누의 산소를 뭇고 왓소.

해 마다 봄ㅅ바람 불어 들 오면——

나드리 간 집 새 차저 가라고

남 먼히 피 는 쏫츨 심고 왓소.

(≪新少年≫ 제5권 제3호, 1927.3)

童謠

# 달

釜山公普
孫運秀

달아달아
　쪼각달아
헐버신梧桐나무에걸닌가을달아
　네빗이네빗이
우리집後園에도
　빗추엿느냐?
빗추엿스면빗추엿스면
　우리누나에게
나는고히잠자드라일너주라!

(≪新少年≫ 제5권 제3호, 1927.3)

童謠

# 우리언이

釜山公普
韓萬山

언이가그립어요
가을이되면오신다던
언이가그립어요
가을은되고요
달이세번이나둥그럿는데
웨우리언이는안오실가

울면오슬가부르면오실가
울고불너서
우리언이가오신다면
목이매이도록울고불너본나요

(≪新少年≫ 제5권 제3호, 1927.3)

童謠
# 우리집

載□下方面花石里<br>吳慶鎬

우리집은 산기슬에
　오막사리집
풀집웅에 흙바람죽
　넓기는삼간
남갓흐면 보기에만
　얼골씽길집
아그러나 우리에겐
　업지못할집
잇쩨짜지 살안곳이
　그곳이이며
이후에도 살랴는집
　그곳쑌이다

(≪新少年≫ 제5권 제3호, 1927.3)

童謠

# 고무신

大邱京町
許 鈞

지금은찌여저서 보기도실으나
그래도아버님이 품파리하여
석달을베루고서 사준것인데
고맙다고아니하고 엇지나할가
동무들붓그러워 신기실으나
그래도돈업는 아버지이니
새것을사달나고 엇지우나요
써러진곳쮜여매여 신고다니지

(≪新少年≫ 제5권 제3호, 1927.3)

童謠

# 초성달

達城郡德山學校
禹宗基

초사흔날 달님은
하늘님의 스켓
한짝은 어듸가고
한짝만 남어잇네
잡어만 탓스면
별나라 횡단하여
南北氷海 끗까지

그러나 스켓달님
西山으로 西山으로
혼자만 가버리네

(≪新少年≫ 제5권 제3호, 1927.3)

童謠
## 電燈

京城府孝悌洞<br>朴 淵

우리집電燈은 信號電燈
안방舍廊방엔 가지電燈
大門밧게는 수박전등
날이저믈면 전등불은
밤이된다고 信號하고
새벽이면 전등불은
밝어간다고 信號해요
電氣불은 信號電燈

(≪新少年≫ 제5권 제3호, 1927.3)

童謠
## 겨울아침

淸道 崔誠賛

一, 서리가 왓네
　　山에도 들에도
　　우리집 집웅에도

하얏케 왓네
二, 어름이 얼엇네
논에도 내에도
우리집 련못에도
짱—짱 얼엇네
三, 어린새 운다
눈오는 아침에
배곱하 울든가?
아—집을 일코요

(≪新少年≫ 제5권 제3호, 1927.3)

童謠

# 으붓엄마

伊川支下里<br>張錫彬

몹쓸도다 으붓엄마
사랑하는 나의동생
모진매를 째리도다
불상하다 나의동생
너무압하 눈물흘려
우지마라 우지마라
나이어린 나의동생
사랑하는 나의동생
네가울면 나의눈에
눈물맷쳐 썰어진다
몹쓸도다 으붓엄마

어리석은 아버님을
이리저리 꾀여서라
우리형데 내여쫏차
치운겨울 엇지사나
우지마라 우지마라
나이어린 나의동생
네가울면 나의눈에
눈물흘러 옷깃젓네
무정하다 아버님은
요다지도 맘변할가
가련하다 우리형데
이집저집 다니면서
한술두술 어더먹네
우지마라 우지마라
나이어린 나의동생
아버님이 회개하고
우리형데 데려간다

(≪新少年≫ 제5권 제3호, 1927.3)

童謠
# 매암이

松禾郡上里面<br>盧德二

매암매암 우는매암
무엇그리 서러우나
추운바람 부러오고

먹을것이 업서지니
굴머죽을 생각나서
엄마아바 생각나서
종일토록 목이쉬여
매암매암 슬피운다

(≪新少年≫ 제5권 제3호, 1927.3)

童謠

# 까치

利原文昌公普에
李重烈

푸실푸실푸실눈이
나려오면은
나무가지에안즌
까치가겨을왓다고
쪽크린몸썰며
드러웁니다
푸실푸실푸실눈
나려오면은
집ㅅ일흔까치는
눈왓다고외로워
사람사는집보고
싹々웁니다

(≪新少年≫ 제5권 제3호, 1927.3)

童謠

# 라팔꼿

京城黃金町
池壽龍

一, 아츰해님 동쪽에 소사오르니
　　쓸가에핀 라팔꼿 고개를들고
　　붉은해님 보고서 라팔부닛가
　　숨을쑤든 나븨님 잠을쌥듸다
二, 라팔꼿이 라팔을 힘잇게부니
　　꼿나라의 새벽이 되엿다구요
　　생꼿웃고 채송화 이러나닛가
　　벌서나와 별님은 소래합니다

(≪新少年≫ 제5권 제3호, 1927.3)

童謠

# 눈꼿

北間島
黃文善

압마당 나무에
쏫싹라 가지에
은가루 나려
눈송이 나려
꼿이야 폇지만
흰꼿은 폇지만
꼿가루 업서

향내가 안나

곳이야 펏지만

향내가 안나

그래도 죠와

눈곳이 조와

흰곳만 보아도

온세상 은세게

만물이 희다

(≪新少年≫ 제5권 제3호, 1927.3)

童謠

## 샛쌕라나무

京城敦義洞
郭良順

一, 가을바람부러올째
　　　　　아들딸일코
쌜가벗고서잇는
　　　　　샛쌕라나무
어제에도오날도
　　　　　하날만부고
찬바람이사르르
　　　　　부러올째면
가지가지붓들고
　　　　　썰고만 잇네
二, 웃둑하니서잇는
　　　　　샛쌕라나무

쌀악눈이고요히
　　　　나릴적마다
아들쌀의소식이
　　　　안이온다고
달밝은밤이면은
　　　　하소연하네

　　　　　　　　　(≪新少年≫ 제5권 제3호, 1927.3)


童謠
# 싸치한마리

　　　　玄風少年會
　　　　文祥祜


나무우에싸치가한마리
싸아싸아
四方을살피면서
이치운겨울에
어데로갈가?
東方이훤하니
그리로훨々
날나갑니다!

　　　　　　　　　(≪新少年≫ 제5권 제3호, 1927.3)

童謠

# 오마님코소리

義州邑內
金國煥

드르렁 드르렁

구르는 큰소리

차々가 보오면

오마님 코소리

드르렁 드르렁

구르는 소리에

오마님 오마님

어린애 째겟소

(≪新少年≫ 제5권 제3호, 1927.3)

童謠

# 말은새대

統營新町
李相喆

一, 산기슬에모여선

　　말은새대들

　　서로고개짓하며

　　바삭바삭써드네

二, 겨울바람찬바람

　　불어와서요

　　벌거숭이나무들이

　　모다울어도
三, 둥근달이空中에서
　　웃고잇서도
　　자—미만잇는드시
　　바삭바삭써드네

(≪新少年≫ 제5권 제3호, 1927.3)

童謠
# 기럭이

□南浦新興里<br>吳虛周

멀니서기럭기럭
　　　　기럭이소리
처량히도귓속에
　　　　울니움니다
동모닐흔기럭이
　　　　동모찻는가?
엄마일흔기럭이
　　　　엄마찻는가
달밝은밤공중에
　　　　홀로써돌며
오날밤도처량히
　　　　울고잇서요

(≪新少年≫ 제5권 제3호, 1927.3)

童謠

# 人形아기

咸興面豐西里
毛麒允

1 날마다요날마다요
　　햇죽웃는人形아기
　　어린아기막짜려도안압픈것체
　　햇죽웃는그꼴은
　　참말우수워
2 날마다날마다요
　　깃버하는人形아기
　　볼서몃해지낫건만못것는것체
　　　아기놀음하는꼴
　　참말우수워

(≪新少年≫ 제5권 제3호, 1927.3)

童謠

# 어미새

陜川公普
鄭基周

해는서산에기울너
　　　날은저믄데
어린아기집보면서
　　　기다린다고
어미새는밧브게도

　　　　날너갑니다
어린아가먹일라고
　　　　버레잡아서
어미새는정의롭게
　　　　아가먹이며
두리서로마조안저
　　　　깃붜합니다

(≪新少年≫ 제5권 제3호, 1927.3)

童謠

## 쓸압헤菊花

通川庫底<br>韓大成

一, 쓸압헤菊花꼿
　　　　香氣로운菊花꼿
　　아름답고귀여운
　　　　쓸압헤菊花꼿
二, 쓸압헤菊花꼿
　　빗갈조흔菊花꼿
　　화려화려화려하게
　　피여잇고나
三, 쓸압헤菊花꼿
　　　　노―란것하―얀것
　　滿發하게滿發하게
　　　　피여잇고나
四, 쓸압헤菊花꼿

黃金갓흔菊花꼿
깃부게도깃부게도
피여잇고나

(≪新少年≫ 제5권 제3호, 1927.3)

童謠

# 죽은동생

義州師範學校<br>崔禮昊

一, 죽은동생 생각이 잣고나서요
　　빈방안에 혼자서 울고잇다가
　　슬픈김에 방문을 열고보닛가
　　갈바람은 문전을 지나감니다
　　하늘차고 달밝은 가을날밤에
　　울고가는기럭소래더욱슬퍼요

(≪新少年≫ 제5권 제3호, 1927.3)

童謠

# 설이오면

開城郡臨漢面<br>柳海鮮

一, 설이오면나는조와
　　남은달역다쎅면은
　　설빔으로새옷입고
　　고기국에이밥먹네
二, 설이오면나는조와

나이먹고힘도세니
보름노리씨름판에
것침업시이기겟네

(≪新少年≫ 제5권 제3호, 1927.3)

童謠

## 내옷감

咸平郡□山公普
安甲絃

베를짜네 베를짜네
우리성님 베를짜네
짤각짤각 소리맛쳐
팔과다리 춤을추며
황금갓튼 내옷감이
째워지네 생겨지네

(≪新少年≫ 제5권 제3호, 1927.3)

童謠

## 저녁

海州南旭町三三一
金仁洙

남은해쌀 압담우에 곱게물들제
도라가는 소그림자 길기도하고
숩풀속에 새소리 엿터감니다
휘싸리는 칼바람에 고목은울고

먼한울에 일흔별은 깜쌕일새에
저녁연긴 고요히도 훗터집니다

(≪新少年≫ 제5권 제3호, 1927.3)

童謠
## 夕陽

南川公普
崔元鐘


□々한小波는
　　　해볏에쌘싹이고
凉々한清風은
　　　풀곳에불어온다
길가는개미는
　　　제굴로기여들고
空中에새들은
　　　森林을차저간다
풀속에벌에는
　　　울기를始作하고
소등에牧童은
　　　愁心歌凄凉하네
西山에걸닌해는
　　　검을검을넘어가고
먼村에저녁煙氣
　　　뭉게뭉게써올은다

(≪新少年≫ 제5권 제3호, 1927.3)

童謠

# 개

永興郡福興面
張庚輅

먼뎃개소리는
　낫팔소리던가
갓가운뎃개소린
　고양이의소리던가
우리집바둑은
　뭉실뭉실두부살
건너말삽살개들은
　얼눙얼눙측범갓네
바람은차고밤은깁허도
　시골의개들은
써들성짓기만하며
　잘줄모르네

(≪新少年≫ 제5권 제3호, 1927.3)

少年詩 (賞)

# 새보기

陜川邑內
鄭基周

휘여―휘여
압들새야
뒷들새야

모도다휘여—

씨쌱릴째거드럿나

모심을째거드럿나

늙으신父母님의

피쌈흘려지은농사

어머님의젓맛갓흔

첫물은네가쌸고

은알갓흔흰쌀은

빗쟁이의차지란다

아버님어머님은

무엇으로살라고

너조차성화대나

휘여—휘여

압들새야뒷들새야

모도다휘여

(≪新少年≫ 제5권 제3호, 1927.3)

少年詩

## 伽倻山聾山亭에서

達城郡德山學校
禹宗基

바위에부듸치는 맑은시내물

聾山의녯소리 변치안엇다

先生의끼친자취 어듸가물을가

聾山亭너의일홈 썩지말어라

(≪新少年≫ 제5권 제3호, 1927.3)

童謠

# 봄!

無記名

봄이와요 봄이와요
저산넘고 저물건너
四월햇볏 봄이와요
종달새와 쇠소리새
초록제비 오색나븨
프른수레 태가지고
녀왕님이 놉히안저
오색솟을 샌리면서
저물건너 봄이와요

(≪어린이≫ 제5권 제4호, 1927.4)

入選童謠

# 진달네

蔚山 申孤松

산빗탈양달에도
　　　봄이왓다고
진달네보라솟이
　　　피여남니다.
나무쑨점심밥도
　　　양지쪽에서
진달네향내밋혜

열리임니다

(≪어린이≫ 제5권 제4호, 1927.4)

入選童謠

# 봄소리

無記名

보리밧헤ㄴ쇳둑이
　　밧싹밧싹
노고지리종달이
　　노골거리고
논둑에는신냉이
　　노락노락
호랑나븨범나븨
　　펄펄춤추고
압산에는안개가
　　아름아름
뒤산으로쇵들은
　　나러가구요
봄시내에ㄴ물소래
　　조찰조찰
넓다래기숭어가
　　다러남니다.

(≪어린이≫ 제5권 제4호, 1927.4)

# 갈닙배

平壤 崔英銀

쓸압헤연못가에
　　　갈닙의배른
내손으로만드는
　　　적은배여요
가는바람솔솔솔
　　　부를째마다
보기좃케살살살
　　　써단임니다.
아름답고조고만
　　　갈닙배에는
어엿븐흰나븨가
　　　노를저어서
은물방울태이고
　　　금물결차며
이리로저리로
　　　써단임니다.

(《어린이》 제5권 제4호, 1927.4)

入選童謠

# 마차

京城 池壽龍

달!달!·달!달
　　　마차가가요
우리집들창압
　　　지나감니다.
저마차주인은
　　　알겟지만은
마차를탄이는
　　　누구일가요
어엽븐아가씨
　　　태웟슬까요
귀여운어린이
　　　태웟슬까요
누구가탓는지
　　　모르겟지만
고개를넘으러
　　　마차가가요

(≪어린이≫ 제5권 제4호, 1927.4)

童謠

# 제비

金南柱

거년에 왓던 제비
어머니 제비

세마리 색기는
어대로 갓나

우리집에 올에도
다려올것을………

강남외 먼나그네
너 잘 왓느냐

자미스런 이얘기
들려나 다오

크다른 입으로
씨ㅅㅅ

나도요 이봄엔
서울로 가오

(≪新少年≫ 제5권 제4호, 1927.4)

# 우리집

李范宰

우리집뒤에는 얏트막한동산
내려다보면 아름다운들
대ㅅ돌우에 화초나무
여름빗에 보기조터니
지금은 찬바람에
가랑닙만 대골대골
돌아가신 한아버님
날위해 심으신 밤나무에
동아줄을 틀어 그네를매고
써지려는 햇빗을 바라보며
쒸려할째에
지금은 쌍속에서 고이잠자는
한째의 어린동생 앗듯생각나…
—동생죽은지一年되는날—

(≪新少年≫ 제5권 제4호, 1927.4)

童謠(賞)

# 연긔

平壤府新倉里一九一
趙永奎

공장우에웃둑선
썰건굴둑우에선
검은연긔가나와
하날우로올나가
가만히도올라가
못된바람잠들째
몰내몰내올나가

(≪新少年≫ 제5권 제4호, 1927.4)

童謠(賞)

# 란초

慶北永川驛前道南
安평원

란초닙
노―란닙
햇볏테
졸지요
암닭이
한마리
쏘으려하나
이웃집아기가

쏫으려하나
언제든지
두어서
말려두어서
숏피는
그째를
보고야말지

(≪新少年≫ 제5권 제4호, 1927.4)

童謠 (賞)

# 숨박곡질

선천 김선홍


엇장마장
잡으러간다
쿵쿵
싹々 숨어라
엇장바장
잡으러간다
쾅々
싹々 숨어라
엇장바장
범간다쾅々
싹々 숨어라

(≪新少年≫ 제5권 제4호, 1927.4)

童謠(賞)

# 그립습니다

清道伊西面鶴山
朴永華

一, 나의살들고향은
　　　　곰다른산골
　　　복송아꼿살구꼿
　　　　　초록빗솔닙
　　　붉고풀은고은빗
　　　　　치러인마을
　　　그속에서놀든고향
　　　　　그립습니다
二, 파란덜가람가외
　　　　　버들아래서
　　　피리불고노래하든
　　　　　나의넷동모
　　　서로서로손은잡고
　　　　　날쒸든째가
　　　그모양의놀음이
　　　　　그립습니다

(≪新少年≫ 제5권 제4호, 1927.4)

童謠

# 쑴나라

泰川南面新岩
鮮干萬年


애기들이타고노는
　　금배는쑥!쑥─
저녁해를등에지고
　　쑴나라로다라납니다
가븨여운횐돗을달고서
　　애기들이탄배는
　　　잘도다라납니다
훌넝훌넝물결소리
　　살랑살랑바람소리
쑴나라는참으로
　　아름답습니다

(≪新少年≫ 제5권 제4호, 1927.4)

童謠

# 봄

大田郡鑛峀面
宋完淳


─ 봄나라女王님이
　꼿수레타시구
　나븨들은춤취고
　벌노□식이며

山넘고물건너서
가만이오시네
　　×　　×
二 봄나라女王님은
　맘시고운女王님
　보드러운가슴에
　향내를안고서
　山과들에솔〃〃
　피우며오시네

(≪新少年≫ 제5권 제4호, 1927.4)

童謠
# 설

達城郡德山學校<br>禹宗基

옵바요 언이요 손곱아주소
멧밤만 지내면 설이옵닛가
알능달능꼿줌치에 밤어더넛코
동무찻든 설날이 언제나와요
옵바요 언이요 가리쳐주소
멧날만 지내면 설이옵닛가
납흔납흔고운당기 꼿신신고요
외가가든 설날이 언제나와요

(≪新少年≫ 제5권 제4호, 1927.4)

# 수양버들

退潮公普
金晃鎭

맑은물이하늘하늘
흐르는내가에
수양버들혼자서
머리감다가
마즌언덕중대가리
소나무보고
머리싹근그맵시가
산숩헤는山단풍이
쌜갓쌜갓붉어오네
변함업는시절들은
오고가고하지만은
한번가신어머님은
다시올줄모르시네

(≪新少年≫ 제5권 제4호, 1927.4)



# 병아리

定州古邑公普
韓信弘

솜털옷을 둘너감고
분홍발을 재촉재촉
여긔져긔 두루다녀

한알두알 주으면서
고도평양 단군집을
멀리멀리 바라보고
피앙쌩앙 노래불러
잠든소년 깨워준다

(≪新少年≫ 제5권 제4호, 1927.4)

童謠
## 풀각시

咸平羅山公普<br>安甲終

풀숩헤서 긴풀골나
풀닙각시 맨들어서
각시놀음 시켜보니
웃도울도 아니하고
안즌체로 안지여서
각시놀이 잘도해요

(≪新少年≫ 제5권 제4호, 1927.4)

童謠
## 아가

金川 昇應順

아가야 우리아가 귀연아가야
하날에는 둥근달이 써서잇고나
桂樹나무 裝飾한 엽븐얼골에
玉톡기들 사서노아 더욱곱고나

3. 동요 · 동시(1927)   291

아가야 우리아가 우지마라라
한달만 지나면은 봄이온단다
봄이오면 나와함께 압산에올나
어엽브게 피인꼿 썩거서오자



아가야 우리아가 노래부르자
슬픈일이 잇슬째는 애달픈노래
깁븐일이 잇슬째는 질거운노래
목소래를 가다듬어 노래부르자

(≪新少年≫ 제5권 제4호, 1927.4)

童謠
## 四時의 景

漣川公普<br>李炳哲

一 별과나븨 꼿츨차져
　　이곳저곳 갈팡질팡
　　산과들엔 곱단싹시
　　눈을트고 쎄죽쎄죽
二 록음방초 욱어진것
　　꼿잘핀봄 비웃는듯
　　날이저믄 압숩헤는
　　애기소가 엄매엄매
三 치운서리 모진광풍
　　사정업시 후려짜려

나무입흘 써러내니
슬업다고 바삭바삭
四 함박눈이 날니더니
쎠만남은 고목에는
가지마다 숯피여서
깃부다고 햇죽햇죽

(≪新少年≫ 제5권 제4호, 1927.4)

童謠
# 비비새

固城光明社<br>金炯斗

구름은 사방에 씨이여잇고
바람좃차 한몰이 부지안는데
구즌비가 방울방울 나리는밤에
비—비새는 흘로히 반공중에서
비—비 슬피울고 나러가노나
비—비 울음소리 들릴째마다
윈몸에 소름이 쌱씨이며
엄마생각 저절로 작고나노나

(≪新少年≫ 제5권 제4호, 1927.4)

# 님생각

高城鳳寺
金樂煥


우리님이가실적에
　삼년만에오신다드니
삼년은벌서갓스되
　그리운님은안오시고
달만써서창들에빗춰
　나의간장불붓치노나

(≪新少年≫ 제5권 제4호, 1927.4)




# 설보름달

咸南退潮
金銀三


아부지 어머니 속히나와보서요
저건너동산우에고대하든보름달이
웅장한태도로우리집을넘겨바요
오! 고대하든 보름달님!
큰형님과누님도 쌜니나와보서요
무섭게큰둥근달
　　　금빗옷을썰쳐입고
붉고도흰얼골로
　　　우리집을나려바요

오! 사랑하는 보름달님!

(≪新少年≫ 제5권 제4호, 1927.4)

童謠

# 설명절

晨日少年會
朴永松

나는깁버 나는깁버
설명절 나는깁버
새옷입고 새구두를
맵시잇게 신겟다구
나는깁버 나는깁버
설명절 나는깁버
쏙싹쏙싹 공을치고
기운조케 쏠을차니
나는좃소 나는조와

(≪新少年≫ 제5권 제4호, 1927.4)

童謠

# 장미

利原公普
楊貞奕

압쓸에피엿는 고흔장미는
어제밤광풍에 시드럿지요
올봄에누나가 심은꼿이매
아침에누나는 장미꼿안고

어엽분장미꼿 불상도하다

어저는너까지 그러케되니

나는참쓸々해 엇지나하나

누나의두눈엔 눈물이글성

(≪新少年≫ 제5권 제4호, 1927.4)



# 그리운故鄕

義州 李明植


一, 벌판으로 벌나븨

　　춤추며날고

　　봄바람에 춤추는

　　버들가지에

　　강남제비 도라와

　　재절거리는

　　넷고향에 봄동래

　　그립습니다

二, 보리밧헤 매암이

　　노래부르고

　　잔물결이 쒸노는

　　맑은강가에

　　흰물새가 날나와

　　숨박질하는

　　먼고향의 녀름내

　　그립습니다

三, 해빗치는 뒷산에
　　송아지울고
　　달밝은밤 오동닙
　　써러지구요
　　산빗탈에 갈닙히
　　몸부림하는
　　넷마을에 가을산
　　그립습니다
四, 산에들에 함박눈
　　훨々 날니고
　　물방아에 하이한
　　고드람맷고
　　오양깐에 송아지
　　엄마불으는
　　넷동리에 겨울집
　　그립습니다

(≪新少年≫ 제5권 제4호, 1927.4)

童謠

# 스켓—트

晨日少年會<br>朴壽甲

거울갓흔 빙판에서
날새갓치 달여가는
스켓트야 스켓—트야
생긔잇고 용긔잇네

우리동모 타자한다
자미잇게 타나보자
타다나니 해가저서
황혼에야 도라왓네

(≪新少年≫ 제5권 제4호, 1927.4)

童謠

# 우리先生님

海州第二公普<br>高文洙

우리선생 조흔선생
每日每日 學校와서
서로서로 우스면서
자미잇게 가르쳐요
×　　×

우리선생 金先生님
海州에서 音樂家요
生徒들은 말잘듯고
열심으로 가르쳐요
×　　×

우리선생 音樂선생
생도들을 사랑하고
우리들도 싸릅니다
사이조케 가르쳐요
×　　×

생도들이 잘하면은

그날깃븜 참조와요
얼골에는 야드렴이
이곳저곳 잇습니다

(≪新少年≫ 제5권 제4호, 1927.4)

童謠
## 落葉

언양 紅 鳥

써러져 날러간다
어머니 품안에서
써러진 옷을입고
定處업시 날러간다
　　×　　×
써러져 이곳안고
불니여 저곳으로
流浪의 길손되여
北, 北으로 쏫겨간다
　　×　　×
나무닙 오오가는
도빠와 언제닷이
明年봄 그러며ㄴ
안녕히가 안녕히―

(≪新少年≫ 제5권 제4호, 1927.4)

童謠

# 산 넘어 저쪽

지 용

산 넘어 저쪽 에는
누 가 사나?
뻑국이
고개 우 에서
한나잘 우름 운다.


산 넘어 저쪽 에는
누 가 사나?
철나무
치는 소리 만
서로 바더 써 르 렁.


산 넘어 저쪽 에는
누 가 사나?
늘 오던
바늘 장수 도
봄 돌며 아니 뵈네.

(≪新少年≫ 제5권 제5호, 1927.5)

# 할아버지

지 용

하 라 버 지 가
담 배 째 를 물 고
들 에 나 가 시 니
구 진 날 도
곱 게 개 이 고.

하 라 버 지 가
도 롱 이 를 입 고
들 에 나 가 시 니
가 믄 날 도
비 가 오 시 고.

(≪新少年≫ 제5권 제5호, 1927.5)

# 비노래

준 영

하 느 님 이 오 줌 주 고
룡 님 무 지 게 대 면
거 리 거 리 거 리 마 다
솟 치 핀 단 다.

국화솟? 함박솟?

해바래기꼿?
아니,아니,두리벙벙
우산꼿 치요.

볏티 나면 꼿맷지
바람 불면 오물지
한번 뛰면 거닐지
앗다 우섭지!.

(≪新少年≫ 제5권 제5호, 1927.5)

童謠
# 꼿城에 旅行

東京市神田區<br>尹 曙

어제밤새 旅行한 쑴나라엔요
어쩟케도 그모양 아름다운지
눈부시게 燦爛한 꼿속에는요
五色구름 엽흐로 서리윗고요
금물결은 그안에 쒸여놉듸다.
꼿분홍의 遊戱服 입은동모들
天使갓치 雙々히 엇개를겻고
입으로는 새노래 부르짓고요
손으로는 나븨춤 가볍게추며
성안에서 마음껏 쒸여놉듸다.
城門밧긔 지대여 의로히혼자
낡은옷을 입고서 구경튼나는

더럽다고 할가봐 숨엇드니만
동모들은 기여히 나를차자서
춤동모의 한아로 드렷담니다.

(≪新少年≫ 제5권 제5호, 1927.5)

童謠

# 할미꼿

明川郡良化<br>金南鉉

언덕밋헤 새로핀
허리굽은 할미꼿
어제피인 할미꼿
오날피인 할미꼿

젊어서도 할미꼿
늙어서도 할미꼿
호호늙은 할미꼿
너의일홈 할미꼿

(≪新少年≫ 제5권 제5호, 1927.5)

童謠

# 소리

奉天 姜正萬

이곳저곳 총소리 총소리는
쌍―쌍― 쌍달라고 부러진네
여기저기 사람소리 사람소리

아ㅡ아ㅡ 아디라고 부러진네
이村저村 개ㅡ소리 개소리는
왕ㅡ왕ㅡ 왕질할라 부러진네

(≪新少年≫ 제5권 제5호, 1927.5)

童謠
# 兄님

平壤光咸普校
車淳哲

兄님온다 兄님온다
반달갓흔 兄님온다
제가무슨 반달일고
초상달이 반달이지
그리해도 우리兄님
반달보다 더나흘것
힌져고리 당치마에
썰처입고 아장아장
걸어오는 우리兄님
작년올째 작난감을
제가사서 나준탁에
반결이나 하여볼가.

(≪新少年≫ 제5권 제5호, 1927.5)

# 봄이오면?

南公普校
崔元鐘

봄이오면 봄이오면
겨울가고 봄이오면
江南갓든 제비들은
새옷닙고 머리빗고
녯날집을 차저와서
진흙으로 새집짓고
깃무러다 자리깔고
엣분아기 싸겟지요

(≪新少年≫ 제5권 제5호, 1927.5)



# 수수쩍기노래

厚昌公普校
洪仁德

一, 저기가는 저령감
　　국수사리 웨무럿노
　　너희들도 나먹으면
　　이내처럼 되리라
二, 저기가는 저노친
　　달내광주리 외엿노
　　너희들도 나먹으면

이내처럼 되리라

(≪新少年≫ 제5권 제5호, 1927.5)

童謠
# 설께짠베

東萊校洞
姜仲圭

압집에서 베를엇고
뒷집에서 북을어더
혼실잇어 잉아걸고
북득명영 씨날써서
어듬침々 등불밋헤
긴々밤을 새워가며
설께설께 짜낸베가
한필밧게 안됨니다
설께짜낸 이베한필
어대쓰면 조을까요
쓸곳이야 만치만은
베가적어 못쓰겟소
우리언이 시집갈째
치마적삼 해줄나니
어린동생 이겨울에
무엇입고 지낼까요
그보다도 더큰일은
래일이면 동래장에
울아버지 가져가서

이베팔아 쌀을사다
우리권식 먹인대요
내눈물과 내한숨에
애탕개탕 짜낸이베
하로밤만 자고나면
누구손에 팔닐는지
야속코도 원통하다
서름보와 생긴것은
싯々내도 서룬지고.

(≪新少年≫ 제5권 제5호, 1927.5)

童謠
## 거믜

鷺梁津本洞<br>林順甲

바람부는 쌀쌀한날
나무가지 거믜한말이
집을지려 애를쓴다
지여논즉 흔어지며
바람써매 망해진다
오즉이나 슬허할가
조그만한 저—거믜

(≪新少年≫ 제5권 제5호, 1927.5)

童謠

# 흰돗단배

固城三山
姜應洙

먼바다에 흰돗단 고기배하나
거츨고도 우령찬 푸른물우로
덩처업시 쫏기여 써나갑니다
동무배는 다가고 하나도업고
모진바람 힘차게 불어오는대
돗단배는 어듸로 써나가느냐.
해는지고 물결은 험악하여도
섬나라인 옛고향 다시그리워
멀니멀니 차저서 써나간다네.

(≪新少年≫ 제5권 제5호, 1927.5)

童謠

# 별

無記名

하늘위도 반짝반짝
山위에도 반짝반짝
내우에도 반짝반짝
金모래를 쌕렷는가.
달이쓰면 희미하고
구름쓰면 도망하고
밤이새면 간데업네

金모래도 어듸갓나

(≪新少年≫ 제5권 제5호, 1927.5)

童謠
## 숨박굼질

忠北永同邑<br>吳鐘根

싸쯧한 울싸리밋 양지쪽에는
잭々々 숨박질이 자미잇셔라.
어미새 눈감은새 어린참새는
집숙히 갈입속에 숨엇습니다.
어미새 겻눈으로 슬처보고서
흐르르 쫏차가서 붓들엇서요.

(≪新少年≫ 제5권 제5호, 1927.5)

童謠
## 漂泊

釜山牧島<br>金永吉

하늘에 구름은
바람 부는대로
쌍우에 내발은
마음 가는대로
바람머리 구름은
해도조코 달도조코

3. 동요 · 동시(1927)   309

마음아래 내발은
산도조코 물도조코

(≪新少年≫ 제5권 제5호, 1927.5)

童謠

# 농속에서

利原公普
楊貞奕

농속에갓친새 어엽분내새
어제밤큰눈에 먹을것업서
오늘아침내착게 잡혀왓지요.
농속에갓친새 귀여운쥐새
쥐새는쥐새는 설어서울어도
그래도나는요 놋키는실네.

(≪新少年≫ 제5권 제5호, 1927.5)

童謠

# 보름달마지

高敞邑
崔昌宇

달마지가세 달마지가세
동모들아― 쩨를지여서
뒷東山으로 달마지가세
동내어른들 달마지간다
보름달임이 나오시려고
벌서山넘엔 서기가돗네

어엽분달이 햇슥이웃고
저편고개을 불근넘을새
연걸린망월에 불질너노코
뱅々이돌며 달노래하네
昨年의달님 마지를할새
모인우리가 달노래햇네
今年의달님 더크고곱다네
동모들아― 손목을잡고
달님의노래 더크게부르세

(≪新少年≫ 제5권 제5호, 1927.5)

童謠

# 거울

城津鶴東普校<br>許水萬

거울! 맑고맑은거울
알수업다 너의마음
웃는사람 반겨웃고
슬푼사람 슬피맛네
거울! 맑고맑은거울
너의마음 알수업네
귀신이나 알겟난지
나는나는 알수업다.

(≪新少年≫ 제5권 제5호, 1927.5)

童謠

# 물속달

大邱南山町
金英熹

맑게맑게내리는 내ㅅ물그속에
빗처잇는둥근달 곱기도하다
별하나안보이는 물밋하날에
모욕을하시난지 한군자리에
물장귀도안치고 드가잇고나.

맑게맑게흐리는 냇물그속에
빗처잇는둥근달 가이업고나
찬바람물우으로 살ㅅ부러와
잠ㅅ한물결우에 파도이루면
그만에둥근달님 째여지누나.

(≪新少年≫ 제5권 제5호, 1927.5)

少年詩

# 씨를쑉리자

蔚山本府
徐德出

씨를쑉리자 씨를쑉리자
묵고썩은 너른터전에
광이로쫏고 호미로매여서
씨를쑉리자 저―넓은

너른터전에 가시던풀로
울을막아 우리의손으로
씨를샌리자
쑥덕씨앗은다 서풍에날이고
싹나올씨앗만 가득히샌리자

(≪新少年≫ 제5권 제5호, 1927.5)

少年詩
# 나그네

東京尾久町<br>吳允錫


一, 오날은섯족나라
    내일은동쪽고을
    정처업는
    류랑의나그네
二, 나라를근심하는
    지사의나그네인가
    세상을저바린
    돈세자의나그네냐
三, 저녁볏이셔으로
    치운바람몹시분다
    오늘밤은어느곳에서
    외로운쑴을쯰─을고?
四, 멀─르니서
    울녀오는져문종소래
    쓸〃하게사못친다

고독의나그네……

(≪新少年≫ 제5권 제5호, 1927.5)

少年詩

# 만주장사

郭洙範

한밤중만주장사 슬퍼웁니다
썰니는소리로 만주노호야
서리오고바람찬 어두운길에
쉬지안코다니며 만주노호야
사람들은고요히 잠들엇슬제
나의가삼외로이 수심이가덕

(≪新少年≫ 제5권 제5호, 1927.5)

少年詩

# 봄비

蔚山東面<br>尹性道

비가오도다!
기름진 봄비가 오도다
하날엄마의
싸스한 젓(乳)비가 오도다
그늘진골의
어름눈 모조리 녹이고
언쌍풀어서

치위밋 지즐친 무리를

다시혜택에

길우려 그나려 오도다

(≪新少年≫ 제5권 제5호, 1927.5)

少年詩

# 어러죽은긔러이두마리

退潮革進少年會<br>金德煥

찬바람부는어느겨울날

밝은달밤이엿습니다

씨욱씨욱씨욱씨욱

구슬픈노래부르지즈며

시베리아北滿洲白頭山을거처

孤寂한朝鮮의한만은悲哀를

노래하려오는두마리의

긔럭이가잇섯습니다
× × ×

구슬픈白衣地에몸을다지니

恨만은슬픔에눈이붓도록

씨욱씨욱울엇습니다

날고울고울고날고

東海岸明沙十里에나렷습니다

그들의눈물은白沙가되고

그들의몸덩인海棠樹되여

봄날엔어엿분海棠花되고

白沙엔비ㅅ배ㅅ종달새울어
悲哀만은白衣人의
눈물을싯처준답니다

(≪新少年≫ 제5권 제5호, 1927.5)

少年詩
# 우리의책임

開城臨漢<br>金富鄕


소년소녀의 여러동모들
깁히든잠을 얼는째여라
앗침일즉이 쓰는해발을
친히마져서 우리책임을
밧아가지고 져의각기로
맛흔븐업에 힘을써보세

(≪新少年≫ 제5권 제5호, 1927.5)

少年詩
# 어린짜막이

通川庫底<br>金道哲


엄마를일흔 어린짜막이
쓸ㅅ한빈집 홀로직히며
치운바람눈올째 벌ㅅ썰면서
엄마생각이 간절해서요
긴ㅅ밤이새도록 슬피울째에

아바업는설음에 나도웁니다

(≪新少年≫ 제5권 제5호, 1927.5)

少年詩

# 잠을깨자일하자

京城　沈承裕

잠을깨여라 얼는눈을써라
어제밤엔 무슨쑴을쑤엇나
잠을깨여라 얼는일어나서
찬물에다 시원이낫씻어라
잠을깨여라 힘잇는팔둑을
거더치고 동포야일을하자

(≪新少年≫ 제5권 제5호, 1927.5)

少年詩

# 아름다운晉州

晉一校<br>朴炅源

놉다른飛鳳은山北쪽에소서서主脈
　　이되여잇고
맑고맑은南江水는東西로水口가되
　　엿는대
雄壯하다矗石樓는普陽城隅우쑥소
　　사
古今人의詩와聲名을傳하엿다

巍然하다 義岩祠는 江畔에홀로서서
論介의 萬古貞節을자랑한다
金風이부러와풀나무에맷치면은
義谷의골々물은珠玉으로다러난다
萬景山숩속에黃昏이내리오면
山城寺暮鍾聲은西將臺에傳해온다
西南의두벌판은넓다럿케벌어져서
沃野千里에百穀이豊登하다
千尺이나깁흔釜池面鏡을成하엿다
晉州야내고향은山高水麗쌔여낫다

(≪新少年≫ 제5권 제5호, 1927.5)

少年詩

# 시골아침

義州松長面<br>鄭鎭弼

압집뒷집건넌집에서
쏙끼요쏙끼요하는
아침닭의우는소리
이나무져나무에안져
싹싹싹싹싹싹하는
아침까치에사정말
나는나는시골아침의
이것을자랑할내요
이것을자랑할내요
×　×　×

아아정신이드는구나
시원하다시원하다시원하다
비할데업는상쾌
해는동편산에서웃고
이집저집굴둑에서
내가쒸여다라난다
나는나는시골아침의
이것을자랑할내요
이것을자랑할내요

(≪新少年≫ 제5권 제5호, 1927.5)

入選童謠

# 싼나라

北靑 全秉德

한울에는 수리개
      써만도는데
겁도만은 참새들
      소리도업시
돌층계우 장미밧
      욱어진속에
한 마 리 쏘한마리
      숨고찻지요
장미쏫은 무심히
      흐터지는데
창포밧에 개골이는

장미쑴쑤고
소금쟁인 쏫편에
            편지쓰누나
텬사들의 옷가티
            나실나실이

(≪어린이≫ 제5권 제5호, 1927.7)

入選童謠

# 비누풍선

馬山  李元壽

무지개를풀어서.
오색구름풀어서.
동그레한풍선을.
            만들어서요.
달나라로가라고
쑴나라로가라고
고히고히불어서
            날니웁시다.

(≪어린이≫ 제5권 제5호, 1927.7)

入選童謠

# 시냇물

高陽 高永直

거울갓흔물도요
나무그늘가면은
도레미바솔라시
깃븐노래하고요.
도레미바솔라시
그노래가조와서
방울방울은방울
나븨춤을춥니다.

(≪어린이≫ 제5권 제5호, 1927.7)

入選童謠

# 바람

退潮 金德煥

바람은솔솔
솔포기사이로
적은새울음싯고
지나가지요

바람은바삭바삭
보리째헤치고
종달새노래싯고
지나가지요

바람은고요히
내마음싯고
어릴째놀던데를
차자감니다

(≪어린이≫ 제5권 제5호, 1927.7)

入選童謠

## 해당화

黃州 承成實

갯쟁변흰모래밧
　　　해당나무는
쏫한송이아름답게
　　　피여잇것만
언제든지외로운
　　　그의신세는
울고가는갈매기
　　　더욱슯흐다

갯쟁변흰모래밧
　　　해당화는요
차저오는동모가
　　　하도업서서
햇볏조흔대낫에
　　　멀니지나는
뱃사공의노래에도

눈물진단다

(≪어린이≫ 제5권 제5호, 1927.7)


# 우리집꼿밧

無記名


우리집꼿밧은 적기는하지만
사시사철각가지 꼿이피지요


봄철에는진달래 녀름에는봉선화
가을에는코스머스 갓추피고요


서리오는겨울은 쓸쓸야하지만
내년봄기다리는 낙(樂)이잇지요


우리집꼿밧은 싀집간언니가
정드려두고간 선물이야요

(≪어린이≫ 제5권 제5호, 1927.7)


童謠
# 새쎄

尹克榮


새쎄가나간―다 새쎄가 나간―다 물너겨라
하나둘셋 새쎄가나오셨다 새쎄가나오셨다
구경할사람 오너라 풀밧헤서―짝짝궁

모래밧헤서짝짝궁 물을건너산을넘어

들로나가쑤루루 비리비리―종종종

비리바리―종종종 종달쇠꼴산새들이

나가신다 길치어라

(≪어린이≫ 제5권 제7호, 1927.10)

# 기다림

韓晶東

왠지몰나 새설이

기달니워서

문턱에 올나서서

발등을썻소

보일듯 보일듯만

안탑가워서

엄마엄마 새설님

언제오나요.

넷적부터 룡님은

거즛업나니

하루잇틀 사흘만

자고나라고

그러치만 하루가

수태기러서

행여나고 문턱에

쏘올나본다

(≪어린이≫ 제5권 제8호, 1927.12)

# 4. 동요·동시(1928)

# 설날아츰

韓晶東

온아츰의눈송이
향내가나서
정말노곳송인가
맛하보앗소

참새야우리집에
놀너오렴아
썩국이복울복울
슬어나누나.

(≪어린이≫ 제6권 제1호, 1928.1)

# 반 달

韓晶東

正月두대보름날
村에갓더니
그동리아해들이
독기별너서
달간데게수나무
찍는다구요
서틀게도달까지
반을찍엇네

아니아니 그것은
한우님의활
쌍쑹쌍쑹토씨를
쏘랴든것이
토기는쒸고쒸고
화살은업고
해가나서내버린
金활이란다

아니아니그것은
織女의얼겟
七月에도七夕날
하루박게는
一年이죄다가도
속절업다고
단장안코버려둔
銀얼겟이다

(≪어린이≫ 제6권 제1호, 1928.1)

# 어린이讀本

方定煥 編

第七課 어린이의노래


하로일을 맛치고 집에도라와

저녁먹고大門닷칠 째가되면은

사다리 질머지고 석냥을들고

집집의 長明燈에 불을켜놋코

다름질 하여가는 사람이잇소

銀行家로 일홈난 우리아버진

재조껏 마음대로 돈을모겟지

언니는 바라는 文學家되고

누나는 音樂家로 成功하겟지


아―나는 이담에 크게자라서

내일을 내맘으로 定케되거던

그―럿타 이몸은 저이와갓치

거리에서 거리로 도라다니며

집집의 長明燈에 불을켜리라


그리고 아모리 구차한집도

밝도록 환―하게 불켜주리라

그리하면 거리가 더밝아저서

모도가 다—갓치 幸福<sup>행 복</sup>되리라


거리에서 거리로 싯을니여서

점점점 山<sup>산</sup>속으로 드러가면서

寂寞<sup>적 막</sup>한 貧村<sup>빈 촌</sup>에도 불켜주리라

그리하면이卅上<sup>세 상</sup>이 더욱밝겟지


여보시요거긔가는 불켜는이여

고닯흔 그길을 설허마시요

외로히 가시는 불켜는이여

이몸은 당신의 동무임니다

(≪어린이≫ 제6권 제1호, 1928.1)


合作童謠

# 겨을밤

寅 變 · 李 求


용굿 쏭굿 모아안자

　　화로 불을 쬘나니

낡은 풍지 쌕르룽

　　칼 바람이 세치네


소리 업시 오시는눈

　　열치 열자 싸여라

우리 옥동 고슬고슬

엄마 품에 잠든다

아가 아가 꿈쑤어라
　　윽 가마에 은방울
쌀낭 쌀낭 뙤고가자
　　고개 고개 넘어서
하얀 돌에 하얀 집
　　주인 님을 차자가
구들 목에 누어서
　　겨울 밤을 새우지

(≪어린이≫ 제6권 제1호, 1928.1)



# 밤은새여지도다
한 밧

누리를 휩싸둘럿는
　　어두운 장막이
스러지는 세벽의
　　안개와함께
千里나 萬里나
　　다러나 버리고
이밤은 고요히
　　새여 지도다
홰장에 닭들이
　　새벽을 알윌째

별들을 하나둘
　　　숨여 바리고
숨을 칵ㅅ막든
　　　답ㅅ한 이밤은
어둠에서 밝음으
　　　흘너 가도다
어둠애 휩싸이여
　　　갈곳을 차저서
울며 부르지즈며
　　　헤매이든
가엽슨 목숨의
　　　어린 령들아
깃브은 노래하며
　　　마음것 쒸놀자
시원하게도 이밤은
　　　밝어 지나니
쏘다시 아츰에
　　　해가 쓰면은
멀고먼 갈ㅅ길에
　　　행장을 차려라
어린 령들아
　　　어서 밧브게

(≪新少年≫ 제6권 제4호, 1928.4)

童謠

# 七夕날밤

姜興柱

銀河水맑은물에
銀실배는썻도다
검고풀은左右에
별님둥대밝키고
그리고톡기님이
그 긴귀로노를젓는다
    ×     ×

『여보시오 톡기님
말좀들어보
오날밤그배에
내가탑시다』
『안니오안니요
그리못하오
오날밤엔
견우직녀실너가오』
    ×     ×

보는새에銀河는기우러지고
은실배는오작교 선듯건너
西海로간다

(≪新少年≫ 제6권 제4호, 1928.4)

# 달님生日

鄭祥奎


一, 오날은 오날은
　　하늘을 보닛간
　　來日은 달님의
　　生日날 이라고
　　연치가 한마리
　　웃둑이 서서요
　　분주이 썩방아
　　찍고 잇습니다
二, 그밋헤 조고만
　　련못속 에서는
　　금붕어 은붕어
　　서로 석기여
　　달님의 生日날
　　춤을 추리라고
　　연습을 연습을
　　열심이 합니다

(≪新少年≫ 제6권 제4호, 1928.4)

# 점심째

尹仁根

닭들이 쇠교쇠교
　소리치누나
점심째 되엿다고
　소리치누나
한나절 노래하든
　매암이들도
점심을 먹는게네
　노래쓴치고
김매러 가시엿든
　엄마아바도
억개에 호미메고
　도라오신다

(≪新少年≫ 제6권 제4호, 1928.4)


# 쏠

姜秀華

어머니 도야지가
배가곱하 쏠─쏠─
쏠─쏠─
집으로 차자와요
차자와

어머니 도야지는
쑬을 먹는가요
쑬을먹어
도야지 주는쑬
나좀주우 힝—

(≪新少年≫ 제6권 제4호, 1928.4)

## 가을밤

金元一

가을밤가을밤은 쓸〻한밤
귀쓰락은달나라가고십다고
귀쓰르〻 귀쓰르울고웁니다
가을밤가을밤은 쓸〻한밤
가을을아뢰이는쌀〻한바람
칩다고나무닙은발〻 썹니다

(≪新少年≫ 제6권 제4호, 1928.4)

## 해바라기

姜敬範

뷘집—초당압헤
해바라기는
어엿쑌꼿한송이
피여잇스나

주인업는뷘집에
　피연그신세
귀쓰람이노래까지
　슬퍼들인다
　　×　　×
밤낫업시외롭게선
　해바라기는
그의신세혼자라서
　외로웁다고
고개를 푹숙여
　들지를안코
살낭살낭 바람에
　눈물흘닌다

(≪新少年≫ 제6권 제4호, 1928.4)

# 녯동모

뎡基周

一, 닷살즉에유년학교
　단이든째가
　작구작구생각나며
　그리워지네
　손목잡고다닌동모
　어듸갓설고?
　유년학교졸업맛고

　　우리동모는

　　방〻곡〻헛터저서

　　공부한대요

二, 유년동모녯동모가

　　보고저워서

　　산을넘고물을건너

　　차저다니며

　　녯동모의녯얼골이

　　알순하여서

　　그리웁든그의동모

　　손목잡고요

　　녯날그날유년학교

　　가고십허요!

(≪新少年≫ 제6권 제4호, 1928.4)


# 문틈각씨

朴先玉


一, 쏘닥쏘닥 문틈각씨

　　무얼그리 쏘닥이나?

　　야기나라 女王님의

　　금옷곤옷 다듬는가

　　귀여운 아기님의

　　비단옷 다듬는가

　　달은벌서 놉되도다

뒤집각씨 다듬소리
그남아도 들이잔아
지금쯤은 이불속에
색씨쑴을 쑤이겻지
쏘닥쏘닥 문틈각씨
추석칠에 하러고
공단옷을 다듬는가
안그려면 무얼하나
二, 다듬소리 안들이니
하날노 날너갓나
안그러면 숨엇나
헌미경이 잇섯드면
퍽이나 조흘텐데
무얼그리 쏙닥이나
문을열고 물으런이
그림자도 안뵈이고

(≪新少年≫ 제6권 제4호, 1928.4)

# 크다란百合花

李錫采

『건너편 연못가에
　　가지안으면
크다란 百合花는
　　쌀수업서요』

山밋헤서 牧童이
        알켜줍듸다


『건너편 山中얼에
        가지안으면
크다란 百合花는
        『딸수업서요』
연못가에 사공이
        알켜줍듸다


그래서 山중얼에
        올나갈얀즉
숲속에서 흰새가
        알켜줍듸다
『푸른하늘 달님께
        가지안으면
크다란 百合花는
        딸수업서요』

(《新少年》 제6권 제4호, 1928.4)


# 구름

金炯斗


갓업는 한늘에
써다니는 저구름
재조도 용하다

썸엇다 히엿다
살아젓다 나왓다
재조도 용하다
빗님을 보내다
불리여갓다
재조도 용하다

(≪新少年≫ 제6권 제4호, 1928.4)


## 가을쏫밧

玉 漣

찬바람부러오는
　　　가을이오면
가지각색쏫들이
　　　곱게핀쏫밧
쏫님들이춥다고
　　　발노썰면서
나븨님네안옴을
　　　한탄을하며
녀름내갓치잇든
　　　졍든나무와
리별키실타고서
　　　눈물지는거
가엽서뵈워요
　　　가을의쏫밧

×　　　×

서리오는가을밤
　　오기만하면
내가내가사랑튼
　　고흔옷들을
하나둘식마당에
　　쩌러트려서
쓸마당엔고읍게
　　옷수노왓고
옷나무엔옷씨가
　　조롱조롱이
그옷씰고히고히
　　바다두엇다
내년봄에심으면
　　쏘다시옷밧

(≪新少年≫ 제6권 제4호, 1928.4)


# 어린勇士

無記名


1 어둠침한새벽이
　밝어지도다
　어둠침한새벽이
　밝어지도다

2 밝고밝은햇빗이
  소사올으면
  싸움의마당으로
  出陣하리라


3 어둠에잠을못깬
  어린勇士야
  단숨을어서쌔여
  일어나거라


4 라팔소리북소리
  합해울리고
  前進의旗쌀들이
  해날리도다


5 出陣하란소리도
  벌서놉핫다
  잠들은勇士들아
  어서쌔여라


6 자욱한아츰안개
  헤여치면서
  勇猛하게압으로
  前進을하라


7 샛밝안쯔건피가

쒸놀째까지
날카로운칼날이
빗날째까지


8 힘잇는노래들을
놉히불으며
어린生命을爲해
힘껏싸우자

(≪新少年≫ 제6권 제5호, 1928.5)


# 어린이날

안평원


기ㅅ발의 퍼덕인다
홍당목 쌜간깃발이 퍼덕이누나!
결코
고래ㅅ등갓흔 기와집과
쏐족한 벽돌집에만이 아니다
흙담을 나란히 싸흔
우리집 마당에까지 퍼덕인다
오! 이날이
어린이날 평화의 날이다
…………◇…………

작은촌락으로부터
고을에
고을로부터

나라의 서울까지
퍼—런 하눌과 태양을
쌜간케덥흔 기ㅅ발이 퍼덕인다오!
오! 이날이
어린이날 새로운날이다
……………◇……………

새나라일군 어린용사!
하—얀 중의에
쌜—간 사쓰를입고
기나긴
그러고 장엄한
행렬을 지워서
나팔소리 북소리
왼 누리는 뒤눕는다
오! 이날만이
억만의 어린이의
깃붜 춤추는날이다
……………◇……………

어머니 아주머니
이마에 주름을 오래만에펴고
보지못한 정다운동무가
손길을 흔들며 빙그레웃으니
오! 이나라만이
어린이나라!
평화의날! 빗나는나라!

(≪新少年≫ 제6권 제5호, 1928.5)

少年詩

# 祈願

東京 白 帆

동편하날이 붉그러해지고

산우에뭉킨

황금빗구름

자즈빗구름이

서로엉키여 피여을러서

풀꼿헤맷친 맑근이슬이

五色으로 빗날째가되면

나는동편을향하야

고요히무릅을꿀고

「오! 거룩하신

검님이시여!

荒漠한曠野로

이째짜지달리든

나의어린靈을

진정식혀주시사

다시금거룩한사람이

되게하야주옵소서!」

라고부루짓습니다

(≪新少年≫ 제6권 제5호, 1928.5)

少年詩

# 어머니차즈려

利原 星 波

나는어머니를차즈려
바위가흠준한
놉흔山도라보앗고
파도가센바다에서도

아―그러나 엇지합니써?
어머니는거게도 안게시고
아라비아의사막갓흔쯔거운
熱海를근느지안으면
못본담니다

이제해를기다려
길을가치가랴하니
불길이더쯔겁다
압길이캄々하고어지러워도
나밧게갈이쏘누구겟느냐

(≪新少年≫ 제6권 제5호, 1928.5)

少年詩

# 내가업는곳에서

大邱 李康沃

달밤─ 고요한밤
적막한달밤!
부더러운그빗치
宇宙에넘칠째
아!나의「심장」은
소래업시쮜논다
「내」가업는그곳에서
「境界」업는그곳에서

(≪新少年≫ 제6권 제5호, 1928.5)


少年詩

# 거지

울산 徐沈德

넓은세상에집도만컨만
거지는엇지타집이업서
한울에쓴별을등볼노삼고
외싸른동리의나무밋해서
고생의한심을속싹이노나
　　　×　　　　×
아득한황혼에눈가리고
외싸른동리의나무밋해서
두손을더듬어잠자리잡는

거지의마음속에서
생각의집을얼마지으랴

(≪新少年≫ 제6권 제5호, 1928.5)

少年詩

# 善竹橋

金川 崔鍾祿

一 善竹橋다리아래 무심히흐르는
　　맑고맑은 져시내물아
　　뭇나니鄭圃隱先生님 영위
　　지금썻안녕히게시더냐
二 春風秋雨四百餘星霜에
　　先生님의쓸는듯한 참된血淚는
　　松嶽山의비와 안개나리는날엔
　　다시다시새로어지건만
三 先生님한번도라가신후
　　滿月臺의자최는 사라져
　　우리들노하여금 녯일을
　　더욱더욱새롭게 하노나
四 녯날先生님의가지시든
　　椅子와집행이며
　　南大門에써잇는저遺書여
　　先生님의혼이 더욱새루워지노나

(≪新少年≫ 제6권 제5호, 1928.5)

童謠

# 江邊

陜川 李聖洪

냇가에 푸른버들 썩거다
피리를 불면
맑은물에쇠리치든눈쟁이들
은
고개들고와요
물을싸라써내리는버들닙오
면
銀魚색기 綠舟에타고돔니
다

(≪新少年≫ 제6권 제5호, 1928.5)

童謠

# 저먼바다

陜川 鄭基周

바다바다 져믄바다
고요한바다
아름아름 저녁안개
나리는바다
슷업는 저먼바다
자옥함니다
바다바다 저먼바다
자옥한바다

집을차저 헤매대는
갈매기소리
자옥―한 안개속을
씁고들니며
고요한 저먼바다
슬퍼집니다

(≪新少年≫ 제6권 제5호, 1928.5)

童謠

# 꼿싸러가자

城津 金良石

꼿싸러가자
　　　　내동모들아
꼿대궐속으로
　　　　꼿싸러가자
너의집바구니
　　　　우리바구니
서―울바구니
　　　　시골바구니
알―들살들이
　　　　고히모흐고
꼿東山우―로
　　　　올너가서요
꼿향긔맛호러
　　　　꼿싸러가자

(≪新少年≫ 제6권 제5호, 1928.5)

童謠

# 별

開城 許福實

푸르고도놉흔하날
별님들이만히나와
이리반작저리반작
꽂송이와갓흔별님
사랑스럽기도하지
한개두개싸고십허
무엇으로싸야할가
사닥다리세워놋코
손으로서싸야할가
장대로서싸야할가
만히싸서우리동모
한개두개논하주고
마즈막에남은별님
나의손에달고쥐고
천년만년살고지고

(≪新少年≫ 제6권 제5호, 1928.5)

童謠

# 참새

城津 許水萬

낙엽갓치뵈는
참새여―
머ㄴ하날에서
날째면은요
낙엽처럼
훨―훨날려요
　　　×　　　×
나무열매처럼뵈는
참새여
복송아남게
안즌째는요
복송아처럼
달여잇서요

(≪新少年≫ 제6권 제5호, 1928.5)

# 조희배

英陽公普
趙道成

슈양버들 닙헤다
　　　조희동달고
이쪽에서 저쪽에

                    건너가려는
            조고마한 버레를
                    태워가지고
            우리쓸압 련못에
                    쒸워습니다
            어제저녁 휘바람
                    물짓할적에
            엇저다가 파선이
                    안이됫는지
            어제낫에 쒸인배
                    생각납니다

(≪新少年≫ 제6권 제5호, 1928.5)


# 여름의갈곳

無記名


1 都會!
  都會로가자
  대리석큰집이
  한울에솟아서
  科學의큰힘을
  가르치려니


2 싀골!
  靑山이담싸고

평원이마당되어
미려한大自然은
平和의고흔맘
길너줄테지


3 바다!
바다로가자
巨艦이疾走해
世界를얽매니
압날의연락은
여기서할걸


4 山岳!
歷史의자최도
차저서볼겸
올으랑날으랑
닥처올홈악을
시련키맛당


5 學校!
배우는마당에
수만의동무가
다모여오아서
이나라左右를
치잡으보자

6 團体!
　　한긔쌀알에서
　　나가는전우
　　깃부게모힌곳
　　살들한여름을
　　여기서놀자

(≪新少年≫ 제6권 제7호, 1928.7)

童謠

# 개고리

한　밧

달ㅅ밤에 물논에서
개고리 들이
쎄져 모혀안저
글을 읽는다.

『가갸』는 안 배후고
썽충 쮜여가
『과々궈々』서 부터
미리 배훈다.

멋 해를 골 넉자만
배횟건 마는
알큰련이 쑹보라
읽기만 햇다.

(≪新少年≫ 제6권 제7호, 1928.7)

그리하야 해 마다
『과々 귀々』만
월째싸지 작고만
되 읽는 단다.

# 어린이의쑴

쇠 내

어린이의 쑴노리
감을감을 쑴노리
파란고개 넘어가
하얀연못 차저가
금방울 은방울을
어더오너라
밝안꼿 노란꼿을
썩거오너라.
　　×　　×
어린이의 쑴노리
아릿아릿 쑴노리
바닷가를 차저가
찰삭찰삭 물속에
파닥파닥 춤추는
귀연물새 힌물새
잡어오너라.

어린이의 쑴노리
고슬고슬 쑴노리
곡가구름 쓰는나라
天使들이 사는나라
오날밤은 天使들과
놀다오너라.

(≪新少年≫ 제6권 제7호, 1928.7)

童謠

# 내가비행사려면

城津 金良石

내가내가요내가
　　　비행사라면
펀々나는비행겐
　　　아버님태고
펄々나는비행겐
　　　우리권구태고
요내나는얼는몰래
　　　비행사되여
나는새와동모삼어
　　　휠―휠이날려
남쪽나라섬나라
　　　다구경하구요
북으로시베리아
　　　우리동포간곳

日本英国米國은
　　　　다구경하구요
우리엄마가신나라
　　　　한울나라고
그리그리차저가서
　　　　어마님뵈오면
우리아범한숨소리
　　　　춤노래되구오
우리가족슲흔맘
　　　　반우슴웃겟소

(≪新少年≫ 제6권 제7호, 1928.7)

童謠

# 해바라기꼿

泰安 姜興柱

뒤집마당가 해바리꼿
안개씨여서 핸안뵈것만
먼山기슭에 졀을함니다
하나둘셋엣 바람싸라서
하나둘셋엣 바람싸라서

하날에가신 내상랑엄마
녯날에꼿모 모種튼터에
해바라기꼿 피엿슴내다
녯날主人은 어대를갓나

넷날主人은 어대를갓나

(≪新少年≫ 제6권 제7호, 1928.7)

童謠
# 義岩에셔

固城 金炯斗

고요한물멧헤
　　달닙은잠자고
쎗깊은義岩에
　　나혼자안졋다
부르는바라에
　　꼿닙만날이고
잔々한물결에
　　고기는쒸논다
나안즌義岩아
　　뭇노니晋陽터
넷날도이갓치
　　고요히잠자드냐
물멧헤얼음얼음
　　나무그람자아
내혼자쓸々히
　　슬혀하누나

(≪新少年≫ 제6권 제7호, 1928.7)

童謠

# 녀름저녁

平壤새글會
姜順謙

녀름낫은가고요
　　　저녁이온다
물결우에찰삭이든
　　　제비닙도요
서산에해를보고
　　　집차저가고
못가에서놀고잇든
　　　잠자리들도
서늘한숩속으로
　　　숨어버렷네
못속에개고리
　　　노래부르고
개쏭별네반짝이며
　　　도라단인다

(≪新少年≫ 제6권 제7호, 1928.7)

童謠

# 청개골

晉州노구조리會
鄭祥奎

一 개골개골 청개골아
　　수양버들 옥실나무
　　놉흔가지 올나안저
　　비가올가 개골개골

二 개골개골 청개골아
　　바람불고 비가와서
　　버들가지 흔들니면
　　써러질가 개골개골

(≪新少年≫ 제6권 제7호, 1928.7)

童謠

# 조희배

劉道順

초록빗의 냇물에 조희배씌워
소곰쟁이 뱃사공 삼어가지고
수양버들 세나무 지나가면은
고기색기 싸루며 소리하래요

가고가고 쏘가는 물길천리는
저녁이면 금물결 진주바다요

(≪어린이≫ 제6권 제4호, 1928.7)

# 쌀기와이슬

劉道順

간밤에 비단실비 밧에오더니
오란다 쌀기닙헤 구슬열넛네

파란빗 갑옷닙은 개구리형제
흰구슬 쌀간구슬 구경을하네

햇님이 구름것고 얼골보일새
누나는 바구니에 쌀기를쌋네

개구린 서그퍼서 집으로가고
이슬은 동모업다 서러서지네

(≪少年朝鮮≫ 제8호, 1928.8)

# 피리

宋完淳

1 달ㅅ밤에
　부는피리
　날々이피리

　노래하든
　버레들이
　노래끄치고

　나의부는
　피리소리
　듯고잇고나

2 나의부는
　피리소리
　처량한소리

　빙글벙글
　웃고잇든
　입븐달님도

　피리소리
　듯고서는
　울음을우네

3 청성구즌
  피리소리
  애끗는소리

  바람타고
  하날나라
  엄마한테가

  이내사정
  슬픈사정
  전해줫스면!

(≪新少年≫ 제6권 제9호, 1928.9)

童謠

# 그리운곳

긴 내

고향의 긴들 파란 콩밧고랑에
노랑소 감정소 풀을먹을제
목동의 노래카락이 구슯흐지만
나는야 그들판이 그립습니다

넓―은바다 들성대는물결에
흰돗배 바람에 항구에달제
동쪽나라 언이가 안을줄알면서
나는야 흰돗배가 그립습니다

집흔산 수림속의 나무가지에
잘새들 동무가 고요히울제
길손의 발자취소리 슬슬하지만
나는야 그산속이 그립습니다

눈덤힌 서백니벌 멀고쏘먼대
설매가 횐밤이 밝도록갈제
아버지 그설매 안타신줄알면서
나는야 서백니벌 그립습니다

(≪新少年≫ 제6권 제9호, 1928.9)

## 부평초여요

솟 내

나는부평초 부평초외다
돈벌곳잇다는 소문바람삼어서
동으로서으로 써도라단이는
불상한부평초 부평초외다
전년그전년에 물이가서요
부모의 피쌈으로 지여논은
모든곡석을 휘쓰러가구요
오막사리집한채 글겅밧한째기
빗못갑허 빗장이가 쌔서갓지요
그래서나는요 부평초됫서요
아버지는 어듸론지

한숨쉬며 써나시드니
두면밧게 편지쪼각말슴도
도모지업고요
어머니는 邑內로드러가서서
어너일본 사람네집 동자쑨이죠
그래서나는요 부평초됫서요
지금나가 품파러가지고
어머니를 뵈우러가지만두
멧칠이아니되서 바람이일테죠
그리면나는 그바람싸라써날
부평초외다 부평초예요

(≪新少年≫ 제6권 제9호, 1928.9)

童謠

# 가련한나그네

東京 白 帆

나의꼿밧 가운대
　　　머문나븨요
엄마차저 길가든
　　　나그네지요
날저물어 부헝이
　　　슬피울째요
고단한몸 쉬일곳
　　　풀숫헤잇고
종일토록 지친몸
　　　주려올째요

곳속마다 단꿀은
　　버려이서도
간곳마다 거믜님
　　그믈느리고
철이업는 애들은
　　뒤를싸라서
밤도낫도 쉬잔코
　　날긴날어도
엄마품에 못가는
　　애달분靈은
고달프게 잠자는
　　깁흔쭘에나
그린엄마 품안에
　　안긴답니다

(≪新少年≫ 제6권 제9호, 1928.9)

童謠

## 四時景

英陽　趙道成

눈녹고 어름녹아 짯쯧하
니싸
들에는 농부들이 씨을쌕
리고
쏫피고 죵달울어 제비오
니싸

죵달이 시에서도 봄이라
구요

비와서 꽃지울고 세싹도
드니
제비가 색기치자 매암우
니싼
구름이 맑어지고 더워집
듸다
매암의 노래하길 너름이
라고
맛조흔 바람불자 서리오
니싸
秋收와 丹楓째라 片紙날
구요
기럭이 차저오자 쮜드니
우니
片紙쪽 쮜여바도 가을이
라고

찬바람 닙써루자 힌눈나
리니
시냇물 쌍々얼고 배쏫핌
듸다
부흥새 소래나자 문풍지
우니

문풍지 소리에도 겨을이
라고

(≪新少年≫ 제6권 제9호, 1928.9)

童謠

## 짜는배

平壤 趙永奎

쌀가닥쌀각닥 배짬니다요
새로사온조흔 배틀로요
쌀가닥쌀가닥 곱게짬니다
오마니배날아 올너감으면
형님이실감아 씨하고요
누나가쌀가닥 쌀깍짬니다
우리가눈감고 여러밤자면
누나가배만히 짜고짜셔
고흔색져고리 해준담니다

(≪新少年≫ 제6권 제9호, 1928.9)

童謠

## 개고리울음

陝川 李聖洪

개애골개애골
오날밤에는쑤줍을
목이압하서개애골개애골
개애골개애골

저—반달이다넙어져면
어두얼가바개애골개애골
개애골개애골
숩풀속에숨엇든
배암이올가바
개애골개애골

(≪新少年≫ 제6권 제9호, 1928.9)

童謠
# 船汽

城津 金良石

부—웅부—웅
   큰긔선이오네
둥—실둥—실
   바다에둥—실
우리곳항구를
   써나감니다
저긔선큰배는
   늘보지마는
저긔선큰배엔
   한번도못안고
저긔선탄이는
   누구일가나
하이카라신사나
   태윗슬가나

귀여운어린이나
　태윗슬가나
누구나탓는지
　건々도하겟네
나는나는언제나
　저긔선타볼가

(≪新少年≫ 제6권 제9호, 1928.9)

童謠

# 夏雲

清道　崔聖贊

불어워라요 당신얼골
피을으는 곳과갓치
방긋방긋 웃는얼고
　　×　　×
보고십흐요 당신모양
말만들은 금강갓치
쏏족쏏족 숫은모양
　　×　　×
놀고저워요 당신노리터
오색빗치 능란하고
선녀항상 노든그곳

(≪新少年≫ 제6권 제9호, 1928.9)

童謠

# 논매기

晋州 白어진날

모심기도지나가고
　　나락은검다!
논에는일쑨들모혀
　　에—헤이사워!
그중에도어른나서
　　동모들이여
나락상치말고매세!
　　에—헤이사워!
이논매고저논가자!
　　동모들이여!
에에이사아워—야!
　　에—헤이사워!

(≪新少年≫ 제6권 제9호, 1928.9)

童謠

# 시냇가

永川 安吉洙

岩間에맑은물흘으니
고기들즐겁게쮜논다
언덕의漁夫들은낙시째메고
어실녕어실녕걸어서온다
깁고깁흔물속에水草가자욱

4. 동요 · 동시(1928)　373

水草밋헤고기들헴도잘친다
뒤에는가만이바구니놋코
　압헤는휘녕청낙시째그림
　자
시내물은잘도흘으고
　고기는모엿다갓다한다
언덕우에어부는
물만보고해쌔줏네

(≪新少年≫ 제6권 제9호, 1928.9)

童謠

# 개쫑벌네

劉道順

개쫑벌네 은구슬 쫑지에달고
어두운밤 풀밧헤 어대를가나
처다보니 한울에 별동모만허
가서놀다 오랴고 집울써낫네

한울나라 가는길 머나먼길에
잘집업서 풀닙헤 안젓더니만
반짝반짝 이슬도 동모되기에
이한밤은 여기서 놀고가랴네

(≪어린이≫ 제6권 제5호, 1928.9)

童謠

# 눈쓰는가을

徐夕波

가을이 눈한번 훨끗쓰더니
한을이 파라케 놉하지고요
나무닙 병드러 노랏슴니다.


가을이 눈쓰면 달도밝아서
버레가 처량히 우름우는밤
나무닙 장례가 써나감니다.

(≪어린이≫ 제6권 제6호, 1928.10)

童謠

# 가을

李貞求

밤송이 오닥도닥
　　　열엇슴니다
산마다 노릿밝잇
　　×　×
하늘이 까뭇까뭇
　　　놉하진대요
어머님 아버님
　　　좀선선해요
　　×　×
나르는 기럭이가

4. 동요 · 동시(1928)　375

불상함니다
갈길이 차츰차츰
　　멀어진다니
잔약한 두나래가
　　오작압흐료

一一九二七八, 一, SB村에서一

(≪새벗≫ 제4권 제10호, 1928.10)

童詩

# 로빈

金陽鳳

아버님쎄서 밧을가시랴고 삽을들메면로빈이 날어옵니다
로빈은 죽으만 가지우에가올나안자선귀여운놀애를지저귐니다

×

쏘는 혹시그남우가멀니잇쓸째면 로빈은
혼자서안지안슴니다
우리들이잇는곳으로갓가히와선
돌우에올라선쒸놉니다

(≪새벗≫ 제4권 제10호, 1928.10)

# 海邊

辛栽香

한업시흘러가는
　　바다물결은
오늘도쉬지안코
　　흘러가는데
밀물지난흙밧에
　　고기잡이는
한가로히안저시
　　자드랍니다
햇빗쬐는풀밧은
　　하얀天幕村
여기저기모혀서
　　동리맨들고
살빗검은사람은
　　물우에써서
은빗물결타고서
　　써나감니다
　　(月尾島에서)

(≪새벗≫ 제4권 제10호, 1928.10)

推薦童謠

# 물난리

三水 金學默

먹장갓흔 검은구름
사방에서 모아들고
번개불과 우레소리
번적번적 우루々々
왼천지를 마스는듯
×　×

주먹갓흔 비덩이가
쑥々々々　썰어지니
김을매든 농군들이
호미자루 둘너메고
이리저리 쒸여가네
×　×

한참동안 내리는비
어느사이 창수되여
압내물도 큰물가티
마당에도 배쒸울듯
온세상이 물난리다

(≪새벗≫ 제4권 제10호, 1928.10)

推薦童謠

# 녯고향

安岳邑
吳桂南

압헤는실개천
　　　　곱게흘느고
진달네꼿만발히
　　　　피는뒷동산
언니와손목잡고
　　　　나물을캐든
써나온고향산천
　　　　그립슴니다
　　　×　×
낫이면닭이소리
　　　　한가도하고
밤이면풀닙피리
　　　　구슬흔소리
고개넘어힌연긔
　　　　써올느는집
녯날의 고향집
　　　　그립슴니다
　　　ㅡ（끗）ㅡ

(≪새벗≫ 제4권 제10호, 1928.10)

# 병아리경주

無記名

담미테서
병아리가
경주를한다


오동나무
미테까지
경주를한다.


가는길에
먹을모이
떨어젓스면


마음대로
줘먹으며
경주를한다.


어썬놈은
죽자사자
쌀리가건만


어썬놈은
처언천이
늘이게간다.

(≪新少年≫ 제6권 제11호, 1928.11)

# 『집보는아기』노래

尹石重

1

아버지는 나귀타고 장에가시고
할머니는 건너마을 아젓씨댁에.
　　고초먹고 맴 맴
　　담배먹고 맴 맴


2

할머니가 돌쩍바다 머리에이고
쇠볼쇠불 산골길로 오실째싸지.
　　고초먹고 맴 맴
　　담배먹고 맴 맴


3

아버지가 옷감써서 나귀에실고
쌀랑쌀랑 고개넘어 오실째싸지.
　　고초먹고 맴 맴
　　담배먹고 맴 맴

(≪어린이≫ 제6권 제7호, 1928.12)

# 木啄鳥

義州 張孝燮

짜짜구리 木啄鳥 놀기조흔새
석수쟁이 수양딸 마음고흔새.

지나가는 애들과 가치놀자고
재조돌며 枯木에 투두럭툭탁.

(≪어린이≫ 제6권 제7호, 1928.12)

# 5. 동요·동시(1929)

# 배암

無記名

올해의 배암은 맘조흔배암
　　우리들 압길을 발켜주려니
　　　개쏭밧 피하고 숏바틀가랴


납븐놈 웅켜선 숩풀속이면
　　쇠리로 감치고 이쌜로물어
　　　샛발간 혓날로 침찔러주랴


놉흔山 넘거든 질마로굽고
　　깁흔江 건널제 장째로쌧처
　　　긔쇠즐 언덕에 다려다주랴


어둔밤 험한길 눈쌀로불켜
　　발업는 솜씨로 잘거를테면
　　　만세할 새벽엔 입맛춰주랴

(≪新少年≫ 제7권 제1호, 1929.1)

# 장자아기

宋完淳

자—장 우리아가 울지말아라,
동산에 달이숫지 별도잠자고,
이웃집 강아지도 잠들은게니,
어엽븐 우리아기 너도자거라.

품파리 가시엇든 엄마오시면,
사발가티 불엇든 젓을주시고,
공장에 가시엇든 압바오시면
맛잇는 과자사다 주신다더라.

그러니 울지말고 어서자거라.
돌아가신 할머니 생각이나니,
그러나 아모것도 생각을말고,
아츰해 쓸째까지 고히자거라.

네가네가 울으면 나도울고요,
네가네가 안자면 나도못자니,
아가야 어서어서 잠을자거라.
참말로 울아기는 퍽도입부지!

(1928.12.10日)

(≪新少年≫ 제7권 제1호, 1929.1)

童謠

# 낫잠을자고

경주 月迎草

그몹슬 칼바람이
　　　　몹시도치워
산빗탈 양지쪽에
　　　　좀누엇드니
그동안 그만잠이
　　　　들엇습니다.
　　　×　　　×
가마귀 우는소리
　　　　놀내서쌔니
해는벌서 산으로
　　　　너머가고요
종소래 먼산에
　　　　울려옵니다.
　　　×　　　×
엇지를 할가요
　　　　엇지할가요
나무를 못햇서요
　　　　엇지할가요
나무를 못하고는
　　　　집에못가요
새로온 어머니가
　　　　무서워서요.

(≪新少年≫ 제7권 제1호, 1929.1)

5. 동요·동시(1929)　387

童謠

# 웨우럿나요

꼿 내

어머니어머니 웨우럿나요
정월두초하루 대명절날에
나는요 어머님이
　　　　　우시길내로
공연히슬퍼서 우럿습니다
어머니어머니 웨우럿나요
정월두대보름 달마중안코
나는요 어머님이
　　　　　우시길내로
공연히설어서 우럿습니다
곱가웃업서서 우럿습니가
홰불이업서서 우럿습니가
어머니오날엔 울지마서요
내가자라맨드러
　　　　　드리옵지요
아니다아니다 이것을보렴
자식하나잇는것
　　　　　　거지와갓치
이것은이것은 어머님말슴
쏘눈물흘니며 하시는말슴
어머니나는요 옷도실코요
어머님만제제발

울지마러요

(≪新少年≫ 제7권 제1호, 1929.1)

童謠
# 서리

갈맥이

오늘아츰 온서리
　　　　하이얀서리
보기에도 암상한
　　　　싸치런서리
추음을 다리고서
　　　　서슴지안코
옷밧헤도 들에도
　　　　하야케왓네
　　×　　　×
마당우로 건일넌
　　　　나를보고서
서리야 춤춘다고
　　　　생각지마라
버선을 신지못한
　　　　이나이란다
알고보니 서리는
　　　　눈의아버지
　　×　　　×
싸쓧한 고흔해가

　　　　　　동산에섯네
곳밧헤 곳나무는
　　　　　　고개숙이고
눈물을 흘녀가며
　　　　　　하소연하니
밉살스런 서리를
　　　　　　업새버렷네

(≪新少年≫ 제7권 제1호, 1929.1)

童謠
## 저녁째

松禾 鄭泰賢

햇님이눈물지고
산넘어가닛가요
西쪽하날흰구룸
피눈물흘님니다
　　　×　　　×
눈물짓튼흰구럼
해보내고오닛가
시원한저녁바람
눈물싯처줍니다
　　　×　　　×
산들산들바람이
서편으로오닛가
논벌판에개골이

개골개골울어요

(≪新少年≫ 제7권 제1호, 1929.1)

童謠
# 새벽

注文津<br>金樂煥

숩속에 잠드른 산절에서
쌩그렁 쌩그렁 鍾이울고
침묵에 잠겻던
       강건너마을
쇠씨요 닥소리
       요란히나자
장빗막 스르륵 것처지고
동천에 햇쌀이 빗처오네

(≪新少年≫ 제7권 제1호, 1929.1)


# 설님!

韓晶東

엄마엄마설님은
엇지생겻나
……곱기는동구스름
    절편갓흘가

압바압바설님은
뭣닙고오나
……윩웃붉웃색다리
솟가저고리


옵바옵바설님은
뭣하러오나
……너갓은고흔애와
놀너온단다


누나누나설님은
뭣하며노나
……널쮜고연씌우고
웃쮜며노지……


설님이왓다가는
언제가시나
……대보름날연타고
달마중가지……

(≪어린이≫ 제7권 제1호, 1929.1)

# 눈오시는밤

李 求

새하얏케 밤새도록
　눈오시는밤
아랫목 이불속에
　꿈을쑤엇소.

불상한 참새하나
　발발 썰면서
눈우에 딍구르며
　내일홈 불너요.

나는 얼는 일어나
　참새안어다
은방울을 채워주고
　자장가 불넛소.

머느동니 닭소리에
　놀나쌔보니
새벽달이 절반이나
　창에들엇소.

(≪어린이≫ 제7권 제1호, 1929.1)

# 넷날넷적 한녕감

리 구

엄마엄마 우리엄마
넷말하나 안하랴오
『전에넷적 한녕감
　나도나도 먹엇서
　아츰부터 헤여서
　밤 짜지 다못헤고
　잠 자고 꿈 꾸니
　고만고만 이저버려
　다시 쏘 하낫 둘
　멋달멋해 헤다나니
　아이들은 어른되고
　어른들은 쇠부장

엄마엄마 맛나오
쏘한가지 더하소
『전에 쏘 한녕감은
　수염도 길구길어
　한자두자 쟁여서
　여러백날 쟁엿단다
　산과가티 싸힌수염
　솜 솜히 쌀아서
　백두산에 올나가
　이리저리 쏙리니

그날그새 그해부터
저런눈이 오더란다』

(≪어린이≫ 제7권 제1호, 1929.1)

童謠

# 닥근콩고소―고소

張孝爕

닥근콩 고소 고소
　냠 냠 냠
쟝님대감 명재야
　요걸못삽어.
닥근콩 고소 고소
　박아지쩍쩍
죠리로 얼는 얼는.
　쩍 쩍 쩍
닥근콩 고소 고소
　냠 냠 냠
멍텅구리 함팽팽이
　요걸못삽어.

(≪어린이≫ 제7권 제2호, 1929.2)

# 바람

張孝燮

삽싹이 바바시락
　　두어가왓나
오색치마배불쑥이
　　업어가왓나.


강낭대로 만든총
　　열방수므방
아니아니 그것은
　　바람이지요.
　　　—싯—

(≪어린이≫ 제7권 제2호, 1929.2)




# 조선자랑가

無記名

北便에白頭山과豆滿江으로
南便에濟州島 漢拏山
東便에江原道 欝陵島로
西便에黃海道 長山串까지


우리우리朝鮮의아름다움은

猛虎라表示함이十三道로다.

··地理唱歌中에서··

(≪어린이≫ 제7권 제3호, 1929.3)

# 봄나드리

푸른소

갑시다 봄나드리
　　아즈랑이타고요
비탈길 쇠불쇠불
　　넘어갑시다.


한아름 꼿다지꼿
　　실냉이꼿석거서
꼿묵금 꼿방석을
　　틀어가지고
갑시다 봄나드리
　　언덕넘어비탈길
달내가 머리풀은
　　다북솔압헤


새파란 잔듸돗고
　　개나리꼿욱어진
큰누나 무덤으로
　　차저갑시다.

(≪어린이≫ 제7권 제3호, 1929.3)

5. 동요 · 동시(1929)　397

# 누이야 동생아
사랑하는조선의학생아

麗 水

누이야, 동생아 사랑하는 조선의학생아
지금은아츰―거리와 거리에
그대들의 가벼운 발자취소리 들릴째다
그러타, 가거라! 學校로! 學校로!
배우고 쏘 배우려, 어서어서 가거라
조선―그대들의 사랑하는조선이
知慧만흔젊은일ㅅ군, 그대들을 기다리고잇다


　　누이야, 동생아 사랑하는 조선의 학생아
　　지금은한낫―넓은 運動場우에
　　그대들의 어엽분 그림자 보일째다
　　그러타, 노러라! 愉快하게 愉快하게
　　보든冊 덥허두고 근심말고 노러라
　　조선―그대들의 사랑하는조선이
　　健康한젊은일ㅅ군그대들을 기다리고잇다


누이야, 동생아 사랑하는 조선의 학생아
지금은저녁―고요한 燈불아래
그대들의생각이 쏘한 아름다울째다
그러타, 생각하여라! 고요한마음으로
압날을爲하야 배우고 準備할것을
조선―그대들의 사랑하는조선이

고마운젊은일ㅅ군, 그대들을 기다리고잇다

(≪學生≫ 창간호, 1929.3)

# 봄

劉道順

싹이 트네 움이 돗네
산에 들엔 삶의힘—
마을집은 살림희망에 문이열리네

닙이 피네 꼿이 피네
동리 동리엔 노래소래—
즐거움은 강을건너 꿋업시퍼지네

밧을 가네 꿈을 꾸네
열매와 단풍의 가을생각—
사람은 기다림에 이몸을쏘사네

(≪學生≫ 제1권 제2호, 1929.4)

詩

# 離別曲

李貞求

누른베 익어서
쇠리를쳐도
나는 써난다네

나는 그대를위해
더운쌈 더운피 흘엿서도
그대는 내것이 안이라네

山을넘고 江을건느면
이짱을 아주지나서
쏘 짱이잇다네
봇다리 지고가는 이모양
나는 그곳에서나 살어볼나네

(≪學生≫ 제1권 제2호, 1929.4)

詩
# 바다ㅅ處女

李元壽

저녁 밀물에
발버슨처녀들이어
곱다란 모래터에
발자욱을 지우면서
허리굽혀 조개캐는양자를
멀니 바라봅니다.

모래를넘어 모래를밀며
잔돌사이로 감도는물이
그대의 흰발을간즐어주며
속삭이는소리

무어라드뇨?
지금은저녁 合浦의저녁
언덕밋헤 돗나리는소리들니자
동무 찻든 물새우름이
한창이로다.

合浦바다까에서

(≪學生≫ 제1권 제2호, 1929.4)

詩

# 봄저녁

馬山 李元壽

머―ㄴ숩헤 해가지니
쑴가튼 북새 피여나네
가마귀소리 자장하는소리 한창이로다
적녁바람도 쑴결가티 불어오는데

핏빗구름 송이송이 써가도다
쫏겨난마음도 실업시써서…

저무는봄날 외로운마음
어릴째 저녁피리 다시그리워
山넘어 마을에 헤매이네
그리운소리차저 헤매이네

(≪學生≫ 제1권 제3호, 1929.5)

# 海邊에서

WS港
李貞求

호올로 十里明沙 모래에안저
三年前 녯날을 생각함니다

물과함께 모래헷처 조개를찻든
누나생각 녯생각 그립슴니다
아득한 바다씃헤 실오리가튼
가는煙氣 흘니며 배가갑니다

우리누나 실어간 無情한배도
저배처럼 바다씃헤 사라젓슴니다

一九二九, 四月四日

(≪學生≫ 제1권 제3호, 1929.5)


# 봄

한명동

낫(顔)헤부러간지랑봄바람이지
　어린누이풀씃어세간놈니다.

먼개둑에아지랑봄해볏이지
　돗단배간들간들졸며감니다.

가는가지파르랑봄비들이지
　쇠고리오소오소손을침니다.

(≪어린이≫ 제7권 제4호, 1929.5)

# 봄노리

韓晶東

언덕아래문둘네
피면봄이지
체박휘물레박휘
쌀쌀말녀라

하늘우에솔개가
쓰면봄이지
닭의다리줄쎄니
쌩쌩도라라

외양깐에불이야
싹둑싹둑싹
대쟝간에불이야
싹둑싹둑싹

(≪어린이≫ 제7권 제4호, 1929.5)

# 청개고리

義州 張孝燮

청개고리쌀쌀쌀
　　　　비가와서요
내갈길못간다구
　　　　설게울어요
　　×　×
가기는가련만두
　　　　바람이불어
오늘해로못간다구
　　　　설게울어요.

(≪어린이≫ 제7권 제5호, 1929.6)


# 반듸불

義州 張孝燮

반듸불이반짝반짝
　　　　등불을잡고
밤새도록무엇그리
　　　　찻고잇는가
　　×　×
나는엄마가신나라
　　　　차져가는몸
길못차져여기서

울고섯는몸
× ×
반듸불아네일그리
　　　급하쟌커든
내갈길조금만
　　　발켜주람아.

(≪어린이≫ 제7권 제5호, 1929.6)


# 녀름밤

張孝爕

녀름밤은이밤은
　　　놀기조흔밤
버레소리처량히
　　　들려오는밤
모밀곳에반듸불
　　　집을찻구요
맑은이슬곳닙에
　　　잠을자는밤
어머님은등밋헤
　　　옷을짓구요
내동생한울보고
　　　별세우는밤
녀름밤은이밤은
　　　가지마라요

놀기조흔이밤은
　　　가질마라요

(≪어린이≫ 제7권 제5호, 1929.6)

# 늙은배사공

張孝燮

먼길온배사공
　　　검은수염은
갈메기털빗이
　　　부럽든지요
배ㅅ간잠십년에
　　　야속하게도
하나도남지안코
　　　세여버렷네.
대패밥벙거지는
　　　오늘까지도
낙발한머리에
　　　씨워잇는대
살업는팔목엔
　　　맥이풀니여
갈길은멀건만
　　　배질은늦네.

(≪어린이≫ 제7권 제5호, 1929.6.)

詩

# 나그네의밤

WS港
李貞求

外寒村의 봄비오는 나그네의밤
베개밋헤 쩌러진잠 쓸쓸도하다

누나의 못잔등에 호올노피여
외로히 울고잇는 흰꼿한송이
오늘밤도 쓸쓸히 비를맛겟네

머리맛헤 풀니는 그리운고향
나그네의 선잠을 흔드러놋네

5.29

(≪學生≫ 제1권 제4호, 1929.7)


# 소낙비

許文日

북쪽에서오는구름
　　　　로서아병정
서쪽에서오는구름
　　　　불란서병정
썸은복장닙고서
　　　　모혀들더니

당장에왼한울에
　　　　란리가낫네

대포소리우루룽
　　　　불빗치번쩍
쫏겨가고싸라가고
　　　　잘도싸호네
해님은어대가고
　　　　안보이나요
아마도무서워서
　　　　숨은게지요

펑펑줌줌쏘치는
　　　　저비방울은
은하수가넘어서
　　　　나려오나요
구름것고걸리는
　　　　무지개다리
병정들이노코간
　　　　철교인가요

(≪어린이≫ 제7권 제6호, 1929.7)

童謠

# 보리방아

申孤松

솽―솽 찌어라
보리방아 찌어라


찔개둥찔개둥 찌어라
솽버리밥두씨써리 찌어라


우리집 식구는
보리밥먹구도 일잘하는데


김동지네 사람 은
쌀밥먹구도 알키만하네

(≪어린이세상≫ 其30, 1927.7, ≪어린이≫ 제7권 제6호 부록)


童謠

# 쉬여가는밤

徐德出

버들닙헤실바람
　　　　쉬여가는밤
풀닙숫헤매친이슬
　　　　진주가되고
오동닙헤달빗이
　　　　밝아옵니다.

한울우에쓴별을
　　　　해알라가며
우리애기잠든지
　　　　오래지안어
울밋헤반듸불도
　　　　쉬여감니다.
　　(≪어린이세상≫ 其30, 1927.7, ≪어린이≫ 제7권 제6호 부록)


童謠

## 저녁북새

李元壽


동리마당동모들
　　　　술레를돌고
저녁이라아가씨
　　　　자장가할제
울긋샐긋곳까옷
　　　　어린북새들
산우에서노래하며
　　　　춤을춥니다.
　　　　◇
북새들은 고와요
　　　　참말고와요
나도함께저산에서
　　　　놀고십허요
고흔북새사라지면

쓸쓸한한울
반쪽달님어!머님
외안오시나?

(≪어린이세상≫ 其30, 1927.7, ≪어린이≫ 제7권 제6호 부록)


## 달님

宋完淳

누나가 나를업고 노래불를째
　장대로 쟁반가튼 달짜달라고
　　울으면서 억척을 부리든째는
　　　내나희가 세살이 되는해래요.

그러니까 내나희 열살된을엔
　저달님도 열살이 되얏겟지요
　　그까닭에 저달은 내동무지요
　　　쪽가티 열살먹은 동갑네지요.

一九二八, 一〇, 二

(≪新少年≫ 제7권 제7・8호, 1929.7・8)

少年詩

# 少年行進曲

嚴興燮


우리들은 나아갑니다.
　저벅저벅 발을맞추어,
　　아프로 아프로 나아갑니다.


우리들은 나아갑니다.
　파―란 한울이 쌔여저라고,
　　우렁찬 노래노래 노피불으며.


우리들은 나아갑니다.
　약한아우누이들의 압잡이서서,
　　산과들을 짓밟고 바다를차며.

　　　　　　　　　　　　—끗—

　　　　　　(≪新少年≫ 제7권 제7・8호, 1929.7・8)


童謠

# 풀각시

　　　　三長公普
　　　　李靑龍


당홍치마 분홍댕기
　　　　연두저고리
빗도곱고 맵시잇게
　　　　차리고안저

울도웃도 안이하는
            풀각시님은
참말이지 얌전하신
            색시님이네.
            ×
산수그린 작은병풍
            둘르고안저
가는머리 싸어언고
            연지를찍고
작으만한 키에다가
            긴치마입은
난쟁이의 풀각시는
            앙증도하네.

(≪新少年≫ 제7권 제7·8호, 1929.7·8)

童謠

# 가랑닙

晋州 鄭祥奎

『가랑닙히 쩨굴쩨굴
어데로 굴러가오..』
『발가버슨 몸이라
칩고치워서
싸쯧한 부엌속을
차저갑니다.
            ×

『가랑닙히 쎄굴쎄굴
어데로 굴러가오.』
『사흘채나 밥을굶어
배가곱하서
부자집 대문간을
차저갑니다.』

(≪新少年≫ 제7권 제7·8호, 1929.7·8)

童謠

# 나의노래

南應孫

고읍게 단장한
　　　　입븐나븨는
정드른 쏫아씨
　　　　차저가고요,
무정한 세월은
　　　　물흘르듯이
쏫업는 먼나라
　　　　차저가지만
이나의 노래는
　　　　바람결쌀아
머얼리 동생을
　　　　차저갑니다.

(≪新少年≫ 제7권 제7·8호, 1929.7·8)

童謠

# 보슬비

茂山 李華龍

캄々한 금음밤
       기퍼젓는데
창박게 속삭이는
       소리나길래
창문을 열고서
       내다봣드니
수만흔 보슬비가
       머리맛대고
속은속은 애기하며
       나려옵듸다.

(≪新少年≫ 제7권 제7·8호, 1929.7·8)

童謠

# 바다가ㅅ에우는새

晋州 李在杓

바닷가에우는새
       나어린새는
엄마를일헛는가
       웨저리울까
엄마를일헛스면
       차저를기지.

      ×

5. 동요 · 동시(1929)　415

바닷가에우는새
　　　엄마일흔새
세살되는어린새
　　　나이가어려
길을몰라엄마를
　　　못차저가나.

(≪新少年≫ 제7권 제7・8호, 1929.7・8)

童謠

# 외로운진달내꼿

城津 邊甲孫

册상우의 병에쏘즌
진달내꼿 한송이가
봄꽃동산 부모형님
동무동생 일코와서
고개를 푹숙이고
슬피슬피 울고잇소.
　　　　×
책상우의 병에쏘즌
진달내꼿 한송이가
山에들에 솔솔부는
봄바람과 벌나븨의
노래춤이 그리워서
슬피슬피 울고잇소.

(≪新少年≫ 제7권 제7・8호, 1929.7・8)

童謠

# 병아리

定平 蔡奎三

우리집큰암닭은

　　　　둥줄에든지

스물도한날만에

　　　　병아리깟소,

　　　×

나는나는깃버서

　　　　쒸어나가서

모자라는키느려

　　　　넘겨다봣소.

　　　×

토실토실한 병아리아홉

솜씽이가튼것들이

　　　　종알입듸다.

　　　×

나는나는깁버서

　　　　얼른올라가,

중두리를내려노코

　　　　모이줫서요.

(≪新少年≫ 제7권 제7・8호, 1929.7・8)

# 젊은이여

沈 薰

젊은이여 山으로 가라!
그대의 가슴은 憂欝에 서리엿노니
山우에 올라 聲帶가 찌저지지도록 소리질르라
봉오리와 메쑤리가 그대압헤 허리를굽히거늘
어웅한 골작이의 나무쑤린들 썰지안으랴

젊은이여 바다로 달리라!
그대의 靑春이늙은『누에』가티 시들려하노니
그몸을 날여 풍덩실 蒼浪에 더지라
籃碧의 한울과 물결사이를 헤염치는
『自我』가 얼마나 적고 쏘한 큰가를늣겨보라

젊은이여 田園에 안키라!
그대는 이쌍의 흙내를 이즌지 오래되나니
갈너진 논바닥에 이마를 부비며 慟哭하라
쇠쾡이 놉히들어 地心을 쑤드리면
쿠―ㅇ하고 소래날지니 그反響에귀를기우리라

―(29. 7. 1th)―

(≪學生≫ 제1권 제5호, 1929.8)

# 물새

李殷相

合浦라 바다ㅅ가에
물새를 보면
쌍쌍이 이리날고
저리도 날아
바위틈에 숨엇다
모래판우에
모래판에 나왓다
물속에숨네

숨으면 차자내고
차즈면 숨고
비비새 노래하며
날아다닐째
내호올로 돌우에
올라안자서
아름다운 짠세상
바라를보네

—[舊吟]—

(≪學生≫ 제1권 제5호, 1929.8)

詩

# 海邊에서

馬山 李元壽

合浦라 바닷가 잔듸에누어
멀ㅡ니 흰돗들을 헤여봅니다
다서 여섯들어오는 아득한배들
혹시나 그누이가 오지나안나

가슴을 넘처나는 더운눈물에
아련아련어려뵈는 바다의저편
오늘도 써나는배 품은연기를
내마음 누나그려 짜라감니다.

一九二九, 五, 一八

(≪學生≫ 제1권 제5호, 1929.8)

童謠

# 단풍닙

尹石重

버선깁는 아가씨 착한아가씨
어서어서 이문좀 여러주세요
서리발이 치워서 꽁꽁언손을
애기자는 요밋혜 녹혀가게요

가을달이 밝건만 갈곳이업서
들창문을 흔드는 단풍닙하나

엄마압바 다여인 가연몸이니
자장자장 하로밤 재워보내요

(≪어린이≫ 제7권 제7호, 1929.8)

## 시골밤

李貞求

강낭대 한나무
     버레한마리
싀골밤 녀름밤
     버레우는밤
    ×
고향의 한울까엔
     별도보인다
시냇물 조잘조잘
     잠안오는밤
    ×
부엉새 한마리
     우룸한마듸
건넌산 숩속에선
     여호우는밤
    ×
고향의 한늘밋헨
     누나도잇다
싀골밤 녀름밤

박꼿피는밤

―(1929.8.1.)―

(≪어린이≫ 제7권 제7호, 1929.8)

詩

# 비오는밤

元山 李貞求

어머님 오늘은비가옵니다
주머구가튼 빗방울이
洋鐵집웅을 우당탕퉁탕
내려째리고잇습니다
어머님이 살어게실째가트면
나는벌서 어머님의품을파고
기여들엇슬것임니다
인제야 이무섭고 쓸쓸함을 어이하리까
오오 어머님
주먹가튼 빗방울
이창을치는 이러한밤이면
나는 어머님을 그립니다
피쓸는 목소리로 어머님을부름니다

7 · 12 ··밤··

(≪學生≫ 제1권 제6호, 1929.9)

詩

# 墓地의 저녁

馬山 李元壽

가을풀닙바람에우는悽荒한墓地에
기우러지는 저녁햇빗 엷기도하다
둥싯둥싯 님자모를 무듬그늘엔
숨은버레 黃泉을 울이주는데

저건느火葬場에 한줄기煙氣
그누구의 가여운魂 써올님인가
뫼ㅅ가마귀 까―까― 구슯히우니
쓸쓸한 이나라에 밤이들도다

1929年作

(≪學生≫ 제1권 제6호, 1929.9)


# 단풍닙 과 귀쓰람이

劉道順

단풍가지 한가지 고히썩거다
갈마지로 책상에 쏘잣더니만
쏫스러진 쓸싸의 울담미테서
귀쓰람이 우러서 하소하는말

설렁설렁 바람이 소리하면은
바삭바삭 갈닙은 구슯피울어

온천지의 산천은 쓸쓸도하여
몸둘곳이 업구나 바이업구나


단풍닙을 한닙을 가만히싸서
책사이에 끼우고 글을외이니
이번에는 창너머 붓드막에서
귀쓰람이 우러서 하소하는말


한울우에 널린별 억만뭇별은
겨울바람 가치도 쌀쌀하구나
단한밤도 조흐니 방을빌리면
단풍닙에 고요히 잠이들겟네
　　　　　—(1929. 9)—

(≪學生≫ 제1권 제7호, 1929.10)

詩
# 農家小兒

蔚山 徐晨月


한해두해 닭의울음
새벽숨 헷치면
農家의 少婦들
들판으로 나가누나
　　　　×
자리방 竹窓을
긁으며 우는애기
오늘도 쏘하로를

엄마품 그리리

192. 9. 8. 作

(≪學生≫ 제1권 제7호, 1929.10)

詩

# 바다에서

元山 李貞求

텀부덩
바다물속
이몸을내던질째
아아爽하다
젊은이의팔, 다리, 힘이여
×
하늘도푸르다
바다도푸르다
이내마음도씃업시푸르다
이팔 이다리 이힘으로
싯푸른물쌀을
길느고달닐째
아아 軍艦, 汽船이 다무엇이냐
내팔, 내다리 내힘이
第一일다
인제는나도 이世上에
모든强한者압헤서
활개를 칠것이다

(≪學生≫ 제1권 제7호, 1929.10)

5. 동요 · 동시(1929)　425

童謠

# 가을밤

李貞求

가을밤 닙지는밤
　　　 귓드람이밤
하늘엔 별도만타
　　　 등불도만타
　　　 ×
산너머 고향에는
　　　 우리누나밤
남포불 켜고안저
　　　 보선깁는밤


가을밤 외로운밤
　　　 나그네의밤
강낭대 우수수
　　　 바람도분다
　　　 ×
강건너 공장에는
　　　 우리언니밤
쇠소리 기게소리
　　　 잠못자는밤

　　　　　 1929 · 9 · 10

　　　 (《어린이》 제7권 제8호, 1929.10)

童謠

# 길써나는제비

許三峯

조고만 머리에는
　　　　쌈안운동모
날씬한 몸에는
　　　　새짜만양복
새쌁안 목도리를
　　　　돌너감고서
팔팔날며 재조넘는
　　　　어엽분제비
련못물에 찰찰찰
　　　　날개를씻고
던선줄에 다랑다랑
　　　　모여안저서
고개를 요리조리
　　　　갸웃거리며
먼―강남 갈공논
　　　　지지배배배
맘씨착한 주인께
　　　　인사도하고
처마씃혜 진흙집
　　　　헐지말나고
산넘고 바다건너
　　　　멀고먼강남

가잇다가 명년봄에
　　다시오리다
　　　　　1929 · 9 · 11
　　　　　　(≪어린이≫ 제7권 제8호, 1929.10)



## 가을

大邱 金恩燁


오동입새 한닙한닙
써러지는밤
주추돌밋 귀쓰람이
구슬피울고
나무닙에 달빗치
새여나릴제
삿분삿분 가을은
차저옵니다.

물방아터 옛못에
갈닙덥히고
곱고붉게 나무풀닙
물드려지면
파아란 하눌은
놉하가구요
삿분삿분 가을은
차저옵니다.
　　　　(≪어린이세상≫ 其32, 1929.10, ≪어린이≫제7권 제8호 부록)

# 젊은배ㅅ사공노래

尹石重

자고나도 쏘 바 다 래일도바다
나 는 야 이바다의 아들이라네.
  에 헤 야 데 헤 야 배써나간다
  오 늘 은 님 차 저 배써나간다.
◇

흰 구 름 뭉게뭉게 하눌에일면
고 향 쌍 님생각에 내맘도이네.
  에 헤 야 데 헤 야 배써나간다
  쏫 송 이 가득실고 배써나간다.
◇

산쎼미가튼 어름ㅅ장 녹아나릴째
겨으내뭉친 내서름도 함쎄녹앗네.
  에 헤 야 데 헤 야 배써나간다
  오 늘 은 님 차 저 배써나간다.
◇

내 고 향 하눌보며 노질을할째
잔 쌔 가 굵어지네 새피가쒸네.
  에 헤 야 데 헤 야 배써나간다
  두리둥둥 북울니며 배써나간다.

(≪學生≫ 제1권 제8호, 1929.11)

詩

# 새어머니

蔚山 徐晨月

나는이짱의
새어머니외다
흐트러진 살님을
가즈런히 정돈하고
새살님 사라갈
새어머니외다
　　×　　×
슯허도 깃브게
우슴을 지어
그속에 씩씩한
아들딸 기루어
이짱에 바처줄
새어머니외다

　　　　　1929 · 10 · 21作

(≪學生≫ 제1권 제8호, 1929.11)

童謠

# 모래밧

嚴興爕

모래밧헤 모래알 세고놀면은
산을넘는 구름이 쌩긋웃지요

모래알 한개두개 암만세여도
주먹안이 안차서 속이상해요
◇
모래밧헤 고이고이 그린비닭기
지내가는 바람싸러 도망을가고
◇
숩속에서 구경나온 나무닙하나
바람싸러 멀니멀니 려행을가죠
◇
모래밧헤 헌고무신 누가신던신
삽분삽분 발자욱은 누구발자욱

(≪新少年≫ 제7권 제12호, 1929.12)



# 오누두리잇는집

安平原

아버지 한달전에 鐵路품들러
어머닌 남의집 쏭싸러가시고
수우나무 그늘에 누렁이잘도자는때
우리오누 슬슬히 집직힙니다

큰형님 편지는 오날도왓는대
돈업서 工夫를 치우신다고
첨하끗헤 제비도 흙물고날러오는대
우리오누 두리서 배곱하웁니다

(≪新少年≫ 제7권 제12호, 1929.12)

5. 동요 · 동시(1929)    431

童謠

# 버림바든집신

晋州 孫桔湘

누가 저 쇼막집신
　　버서 두엇나
쓰거운 길바닥에
　　버서 두엇나
더위먹고 병나면
　　불상챤켓나
　　　　×
그래도 버림바든
　　쇼막 집신은
더위도 다 모르고
　　가만히 안저
어린애 쇼막발만
　　그리워 하네

(≪新少年≫ 제7권 제12호, 1929.12)


童謠

# 工場主

晋州 鄭祥奎

퉁타락탁 쉽퍼 쉽퍼
오날도 工場엔 쉬지를안코
늙은이 젊은이 쌈을흘니며
퉁타락탁 일을합니다.

×

쏭쏭보 배불넉이 工場主는요

벗거진 이마에 어름을 놋코

쌩쌩한 햇볏에 더위 먹을가

선풍긔 압헤노코 잠을잠니다.

(≪新少年≫ 제7권 제12호, 1929.12)

童謠
# 그리운 그째

茂山 李華龍


一, 가을바람 칼바람이

　　　닙지우든째

　　순희하고 둘이서

　　　광주리 씨고

　　우수수 落葉지는

　　　가을 산에서

　　팔낭팔낭 갈닙을

　　　줏든 그時節

　　다시못올 그시절

　　　그립슴니다.

二, 오늘밤은 八月이라

　　　秋夕 날인데

　　순희는 가엽게도

　　　세상 써나고

　　나만홀로 닙줏던산

거니를째에
닙긋든 그째가
그립습니다.

(≪新少年≫ 제7권 제12호, 1929.12)

童謠

# 불상한 동무

安邊 金光允

구진비 부실부실
　　나리는 날에
헐벗고 먹지못한
　　거지 아해가
치웁고 배가곱하
　　밥좀 달나고
집집이 다니면서
　　외우침니다.
　　　×
짠동무 아해들은
　　즐겨 쒸지만
불상한 이동무는
　　이 비오는데
구슬피 가엽게도
　　밥좀 달나고
외치는 그소리에
　　눈물 남니다.

(≪新少年≫ 제7권 제12호, 1929.12)

童謠

# 가을

會寧 韓泰鳳

1. 조용히 볏쪼이는 마루
   싯헤는
   샛쌜간 잠자리가 단지
   혼자서
   시름업시 고요히 쑴을
   꾸고요
2. 첫서리에 시드른 호박
   너울에
   둥글엄이 낫하난 호박
   그늘에
   귓두래미 애달피 노래
   부르고
3. 절반열닌 들창압 돌충
   게밋헨
   고히고히 물드린 단풍
   입하나
   가을이란 소식을 전해
   줌니다.

(≪新少年≫ 제7권 제12호, 1929.12)

少年詩

# 길손의 가라침

厚昌 蔡奎哲

어데가는 길손인진 몰나보아도
광이들어 쌍파는 나를보고서
『아가야! 새쌍에 엄돗는
어린 아가야!
어서어서 파거라
파도파도 한이업슬
기름진 그쌍을!
파면은 팔사록 행복되리라.』
　　　×　　　×

길손의 이른말이 참말이라면
행복될 그날을 기다리가며
오늘도 내일도
쉬지안코 게으럼업시
광이에 힘을주어
힘껏─ 맘껏 파보렴니다.

(≪新少年≫ 제7권 제12호, 1929.12)

少年詩

# 遠城公園

李聖洪

綠蔭에싸인 達城公園아!

오즉 너는 네 形體만

그대로 가젓섯네

雄壯한 觀風樓는 넷姿態 가지고

十萬의 大邱를 눈알에 거두엇네

넷날에 여게서 살님살든 사람들

廢墟를 밀처두고 어데로갓나

냄새만 썰니는『達城神社』압흐로

나막신 쓰는소리 씬힘업시 듯기오고

觀風樓의 열쇠는 누구가 가젓는지

차저드는 詩客들의

한숨만 짜내는고?

쓸쓸한 城터에는

기와ㅅ장만 헛터잇고

질편한 水草사이엔

버레의 울음만

그윽히그윽히 들여온다.

一九二九, 七

(≪新少年≫ 제7권 제12호, 1929.12)

少年詩

# 나그내의 저녁

車紅伊

남은해가 서산에 마저숨으니
씃이업는 이길을 언제다가리
나그내의 회포가 씌너지누나


씃도업시 거츠른 이벌판에서
오막사리 집하나 아니보이니
압흔다리 어듸서 수여갈소냐


아츰에씐 안개는 이슬비되여
종일토록 시달닌 쌤을쌔리니
쓰거운 눈물만이 씌니지안네


동무삼든 별하나 아니보이고
松林의 두견성은 비에저저서
나그내의 압길이 아득하고나


풀사이에 버레가 구슬피우니
불붓는 나의마음 더욱쓰거워
잔듸우에 누은채 잠못이루네.

(≪新少年≫ 제7권 제12호, 1929.12)

# 생각의고침

昇曉灘

자! 아버지 얼골의 주름살을 펴
쥬십시요.
그리고 한숨은 거두고 깃버해쥬십
시오.
나는 오날브터 새사람이 되엿나이
다.
나는 오날브터 당신의 새아들이 되
엿나이다.
그리고 나의 거러나갈 새길을 發
見하엿나이다.

×　　×

아버지! 나는 훌늉한 사람이 되
기가 所願이엿습니다.
아름다운 의복을입고 위엄잇는 얼
골을가지고
그리고 萬人이 우러러볼 學識과 地
位를 가지고
만은사람들을 이사(頤使)하고 支配
하는
그러한 훌늉한 사람이 되려하얏습니다.
그리하야 당신을 이가치 괴롭게햇
든것입니다.

석달동안이나 형편 못되는 上級學
校入學을 괴롭게도 당신에게 要求
하얏든것입니다.

　　　×　　　×

그러나 아버지! 안심해 주십시오
나는 오날이야 지나간날의 나의 왼
갓 잘못된 생각과 행위를 째달앗
습니다.
그리고 비로소 참된意味로의 훌늉
한사람을 발견하얏습니다.
나의 지나간날의 崇拜하든 만은 훌
늉한사람
지금 이社會안에서 제로라고 써들
고 단이는 훌늉한사람
그는 모다 썩어진 그리고 거짓의
인물들이요
아버지갓흔 그리고 아저씨갓흔 사
람이 이세상에서 가장 훌늉하고 崇
拜할 인물임을 알엇습니다.

　　　×　　　×

아버지 당신은 아름다운 의복을 입
지못햇습니다.
그리고 놉흔學識과 地位를 갓지 못
햇습니다.
그러나 당신은 그 굴근팔로 검붉
은 얼골로

이 荒蕪地에 굿세인 開拓者가 안
이십닛가?.
그리고 生産의어머니 안이 이 世上
만흔 所謂 훌늉한 사람들을 먹여
살니는 保養者가 안이심닛가.
그러시면서 또다시 당신은 마을사
람들을 위하야
왼갓 정성과 로력을 밧치고 잇습
니다.
이 나라를 훌늉히 만들기 위하야
이 나라의 심장 (心臟) 인 農村에
업지못할 일쑨이 되여잇습니다.
그리고 만은 일군들에게 둘도업는
指導者와 동모가 되여잇습니다.
아! 당신의 農業과 功績은 얼마
나 偉大합닛가.

        ×     ×

그리고 아저씨도 놉흔 名譽와 地
位를 갓 못햇습니다.
얼마간의 學識을 가젓슬 쑨이지요.
그리고 아저씨도 훌늉한 衣服과 위
엄잇는 風彩를 갓지못햇습니다.
안이 그 반대로 씨저진 양복과 해
여진 모자를 쓰고 거리로 단이지
안습닛가.
오즉 自己의 理想을위하야

안이 만은 兄弟들의 苦樂을 위하야
혼자 배우고 혼자 일하지 안습닛
가.
아! 나는 아저씨의 맘을 암니다.
그의 가삼을 쬐쑬어보고 그의 事
業을 理解합니다.
얼마나 홀능한 아저씨임닛가.
　　　×　　　×
아! 아버지 나는 이갓흔
홀능한 아버지와 아저씨를 가진것
을 얼마나 幸福으로 녁이는지 알
수업습니다.
이제브터 나도 홀능한 사람이 되
렴니다.
가장 쉬웁게 偉人되는 길을 지금
발견하엿스닛가요?.
나는 지나간날의 모든 잘못된 생
각을 오날부터 버림니다.
그리고 오날부터 광이를잡고
당신의 偉大한 일을 도와드리고
그리고 커서는 나도 발에 신등을
매고
만은 불상한 兄弟를 도와주려 써
나렴니다.
아저씨의 偉大한 事業을 도와드리
기 위하야

이리하야 나도 훌늉한 사람이 되
럼니다.

(≪新少年≫ 제7권 제12호, 1929.12)


## 굽써러진나막신

尹石重

안댁에서 사오라신 찌게쑤미를
길에오다 솔개에게 쌧겻슴니다
굽써러진 나막신신고 쏘랑을넘다
덩어리째 솔개에게 쌧겻슴니다

(≪어린이≫ 제7권 제9호, 1929.12)

엮은이  한국아동문학연구센터 연구위원

신현득 문학박사, 시인, 단국대학교 대학원 국어국문학과 졸업, 1959년 ≪조선일보≫ 신춘
문예로 등단,『한국동시문학사연구』, 동시집『고구려 아이』,『몽당연필도 주소가 있다』등

김종회 문학박사, 문학평론가, 경희대학교 국어국문학과 및 동대학원 졸업, 경희대학교
국문과 교수, 1988년 ≪문학사상≫으로 등단, 문학평론집『위기의 시대와 문학』,『디아스
포라를 넘어서』, 문학에세이『오독』등

김용희 문학박사, 아동문학평론가, 경희대학교 국어국문학과 및 동대학원 졸업, 한국아동
문학연구센터 전임연구원, 1982년 ≪아동문학평론≫으로 등단, 아동문학평론집『동심의 숲
에서 길 찾기』,『디지털 시대의 아동문학』등

최명표 문학박사, 아동문학평론가, 전북대학교 대학원 국어국문학과 졸업, 1990년 ≪아
동문예≫로 등단, 아동문학평론집『아동문학의 옛길과 새길 사이에서』,『전북지역 아동
문학연구』등

고인환 문학박사, 문학평론가, 경희대학교 국어국문학과 및 동대학원 졸업, 경희대학교
후마니타스 칼리지 부교수, 2001 ≪중앙일보≫ 신춘문예로 등단, 문학평론집『공감과 곤혹
사이』,『한국 근대문학의 주름』등

장성유 동화작가, 부산대학교 국어국문학과 졸업, 고려대학교 대학원 국어국문학과 박사과정
수료, 1998년 ≪아동문학평론≫으로 등단,『소파 방정환의 장르 구분 연구』, 장편환상동화『마
고의 숲』등

한국아동문학 연구자료총서 Ⅰ

# 어린이의 꿈 1

동요·동시(1908~1929)

| | |
|---|---|
| 초판 1쇄 인쇄일 | 2012년 7월 6일 |
| 초판 1쇄 발행일 | 2012년 7월 7일 |

| | |
|---|---|
| 엮은이 | 경희대학교 한국아동문학연구센터 |
| 펴낸이 | 정구형 |
| 출판이사 | 김성달 |
| 편집이사 | 박지연 |
| 책임편집 | 정유진 |
| 편집/디자인 | 이하나 이원숙 유정현 장정옥 |
| 마케팅 | 정찬용 김정훈 |
| 영업관리 | 권준기 정용현 천수정 |
| 인쇄처 | 월드문화사 |
| 펴낸곳 | **국학자료원** |

등록일 2006 11 02 제2007-12호
서울시 강동구 성내동 447-11 현영빌딩 2층
Tel 442-4623 Fax 442-4625
www.kookhak.co.kr
kookhak2001@hanmail.net

| | |
|---|---|
| ISBN | 978-89-279-0183-9*94800 |
| 가격 | 36,000원 |

후원 |